三食昼寝付き生活を約束してください公爵様
3

主な登場人物

クロード・リンドベルド

誰もが認めるイケメンの公爵家当主。堅物でクールな仕事人間で、結婚にも興味がなかったため、利害の一致したリーシャと契約という形で結婚する。

リーシャ・リンドベルド

後妻や姉に虐げられた環境から抜け出すために公爵家との結婚話を受けた元伯爵令嬢。三食昼寝付きの堕落生活を条件にしたはずが、嫁ぎ先でも厄介事に巻き込まれるはめに……。

ミシェル・ルー

アンドレット侯爵家に戸籍上の娘として育てられたが、現在はアンドレット家と縁を切り、リーシャの護衛として活躍。

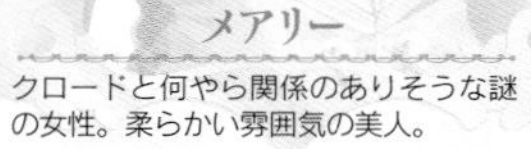

メアリー

クロードと何やら関係のありそうな謎の女性。柔らかい雰囲気の美人。

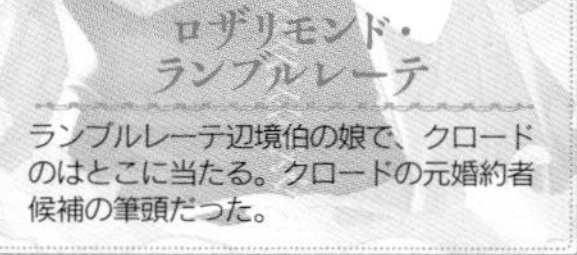

ロザリモンド・ランブルレーテ

ランブルレーテ辺境伯の娘で、クロードのはとこに当たる。クロードの元婚約者候補の筆頭だった。

Contents

チカフジ ユキ

イラスト
眠介

これまでのあらすじ

伯爵家の娘リーシャは、虐げられている実家から逃げるために、リンドベルド公爵家の現当主で堅物仕事人間のクロード公爵との間に持ち上がった結婚話に飛びついた。周囲からの結婚の打診に困っていたクロードは、私生活に口を出さない、仮面夫婦になってくれる令嬢を探しており、２人の形だけの結婚生活が始まった。

リーシャが結婚の条件として挙げたのは、「三食昼寝付きなおかつ最低限の生活」。しかし公爵家では２人の結婚を妬むミリアム夫人とその娘・エリーゼと対決、クロードの元婚約者の皇妃に罠にはめられそうになったりと、気苦労の絶えないことの連続。それでもクロードをはじめとした周囲の人々の力を借りながら、少しずつ成長していくリーシャだった。

ある日、領内の視察に出かけたリーシャはかわいらしい生き物と出会い、邸宅に連れて帰ることに。しかしその子は、謎の生態を持つ希少動物ヴァンクーリと判明。元気いっぱいのヴァンクーリ親子に振り回される日々。おまけにクロードの親類たちに結婚の報告をするため領地に出向くはめに。リーシャは夜会で出会ったクロードのかつての婚約者候補であるロザリモンドから、実家である辺境伯家の父親の不正を一緒に暴いてほしいと思いがけず頼まれる。クロードの助けもあり、見事辺境伯を追放し、平穏な日々がまた戻ってきたように思えたが……。

6章　三食昼寝付き、伯爵領からの逃亡民

「お疲れ様でした、旦那様、リーシャ様」

「ただいま、ラグナート」

ラグナートの出迎えに、ようやく帰ってきたという気になる。

公爵領はリンドベルド公爵家の本拠地なんだけど、わたしにとっては敵地に近かった。

それはわたしがまだ完全に受け入れられていないからだけど、まあその原因はよく分かってるつもりだ。

当主が誰にも知らせずに結婚すれば、その相手であるわたしにだって思うところはあるよねって話。しかも噂だと、わたしはなかなか悪名高い存在だし。

でも、今回領地に行ってなんだかんだでロザリモンド嬢を味方（？）にした結果、少なくともお嬢様方からの悪意はなくなった。

ロザリモンド嬢は、ああ見えてお嬢様方の中心人物的な存在でもあったからね。

で、そのロザリモンド嬢だけど、実家には戻らずにこの皇都邸にやってきた。そういう約束だし、本人もこっちに来る気だった。それに、いろいろと実家とこじれたらしい。

そのため、一時的に客人扱いで公爵邸に身を寄せることになった。

旦那様はものすごく嫌そうだったけど、しぶしぶ受け入れたのは人道的に仕方がないと思ったのかもしれない。

正真正銘のお嬢様であるロザリモンド嬢を放り出すことはできないし、一人にして問題が起こる方が厄介(やっかい)だと思ったのかもしれない。

「初めまして、ロザリモンドと申しますわ」

「ようこそお越しくださいました。ラグナートと申します。何か不自由がありましたら、気兼ねなくおっしゃってください」

「まあ、ありがとうございます」

ラグナートがロザリモンド嬢に挨拶(あいさつ)を交わしているのを横目に、同じく出迎えにやってきていたディエゴが旦那様と話をしていた。

「ディエゴ、留守中は問題なかったか？」

「なんで僕に聞くんですか？　普通ラグナートさんに聞きません？」

「ラグナートは問題なかったとしか言わないだろうが。むしろお前の方が心配だ。仕事は終わってるのか？」

旦那様が出かける前に大量の仕事を割り振っていたのを、わたしは知っている。

本来ディエゴは秘書官だから、旦那様と行動を共にしてもおかしくない。しかし、今回はお留守番メンバー。

この機会に休暇を取るように言ってたけど、旦那様に任された仕事量を考えると、言葉通り休暇が取れたのか心配になった。

ちょっと頼りなさそうなところがあるけど、ディエゴは優秀だ。

きっと泣いて旦那様を恨みながらも、仕事は終わっているに違いない。うん、たとえ休暇が取れなかったとしても……。

「ところで、こちらは新しい執事ですか？」

ラグナートが旦那様に話しかける。

そう、今回の目的は高齢のラグナートの代わりになるような人材を見つけることでもあった。実際は、ラグナートに教育してもらうんだけど。

で、後ろの馬車から降りたのは、なんとあのイリーガル。

しっかり髪を整えて、皺一つない執事服を着ている。意外と似合っていると思う。

「一応、分家の人間だ。使えそうだから連れ帰ってきた」

彼は一応、犯罪に加担していた人間だ。

その罪を見逃す代わりに、旦那様に仕えることを強要――いや説得？　していた。もともと罪を明らかにするつもりがないくせに、それはそれ、これはこれらしい。

村の中心人物を引っ張ってくるのはどうなのだろうって思ったけど、村の人たちも後押ししての結果となった。

「初めまして、イリーガルと申します。これからよろしくお願いします」

好々爺（こうこうや）の笑みを浮かべながら、じっくりとイリーガルを見定めるラグナート。

この顔、怖いんだよなぁ……。

「前任のご兄弟とは思えない方のようですね。なかなかよい方を見つけてきたものです」

あ、合格した。

結構見る目は厳しいラグナートだけど、そのぶんお眼鏡（めがね）に適（かな）った人はみんな優秀だ。

「ぜひこれから頑張っていただこうと思います」

「ご指導よろしくお願いします」

お互いに挨拶を交わす。

そして休む間もなく、旦那様が早速仕事の話を始めた。

「留守中の報告は執務室で聞く」

旦那様はやっぱり仕事人間だった。

帰ってきたところなんだから、1日くらいゆっくりしたっていいじゃない。早速と言わんばかりに報告を聞いて、聞いただけで終われるわけないじゃないの！　報告自体はわたしが聞かなくてもいいんだろうから、わたしはゆっくり休みたい。というか、ゆっくり休む！

と心の中で決めたけど、それをさせてくれなかったのはラグナートだった。

「申し訳ありません、リーシャ様。旦那様と共に聞いていただきたいことがございます」

「珍しいな。お前でも対処できないことが起きたか？」

「左様でございます。正確には判断に困っていると言ったところでしょうか。旦那様とリーシャ様のご意見を伺いたく思います」

わたしの意見まで？

邸宅内のことならラグナートで事足りるし、他のことでも旦那様に相談すればいいことなのに、わたしにまで意見を聞きたいとはなんだろうかと首を傾げた。

「わたくしも一緒に拝聴してもよろしいのでしょうか？」

そこに、ロザリモンド嬢が口を挟む。

「私は構いませんが、旦那様次第でしょう」

「ラグナートが問題ないと判断するのなら……まあ、いいか」

あ、これ、絶対断ると面倒になるから許可出したな。

「あのー……とりあえず着替えてもいいですか？」

このまま執務室に直行しそうな雰囲気を感じ取って、せめて着替えたいなーっと希望を口に出す。

「そうですわね。わたくしたち旅装束のままですもの。汗ぐらい流しても罰は当たらないと思いますわ」

やった！　ロザリモンド嬢が味方についてくれた。

「仕方ない、のちほど執務室で話を聞く」

旦那様も同意して、自分も着替えに行くようだ。楽な格好になりたいよね。

「では、のちほどお伺いいたします。彼はこちらで引き受けて問題ないでしょうか？」

「ああ、頼む」

「畏まりました」

イリーガルの教育を引き受けて、旦那様が脱いだ外套を受け取りながら頭を下げるラグナート。そして邸宅内で旦那様と別れて、イリーガルを連れて行く。

「わたくしも少しの間、失礼いたしますわ」

ロザリモンド嬢は邸宅内の侍女に案内されて、背を向けて歩き出す。

「行くぞ」

旦那様が自然とわたしをエスコートする。

「一体、なんのお話でしょうか？」

「あとで分かるだろう」

興味がないのか、ラグナートが話したいことについて聞いても返事がそっけない。

いや、興味がないというか、なんとなく機嫌が悪い？

ちらちらと旦那様を見ても、よく分からない。

でもそれを指摘して、本当に機嫌が悪かったら何を言われるか分からないので、わたしは沈黙を守って旦那様のエスコートに身を任せた。


疲れた身体に染みわたるぅ！

部屋に入ると、皇都邸にお留守番だった侍女2人が待機していた。

既にお風呂の準備がされていて、お湯に身体を浸けると一気にリラックスモードに突入。

2人もせかさないから、結構のんびりしていた。

いいのかぁ？　なんて思ったけど、女性の身支度に時間がかかるのは世の常だしね！

それぐらい待つ度量は男側に求められるものだ。

と、お風呂でリラックスして着替えると、このままベッドにダイブしたい気持ちがむくむくと湧き上がる。なにせ公爵領ではゆっくり休めなかったし。

だって、旦那様と寝室同じだし、相手は仕事してるのにわたしが寝てるとかなんか気まずくない？　いや、それが契約だったから別に気兼ねなんてしませんでしたけど？　でもやっぱりゆっくり休めないんだよ！

そもそも、いろいろあってその後始末に追われてたら、意外とお昼寝ってできなかったし。

わたしの堕落生活はどこ行ったんでしょうね？　と疑問に思いつつも、旦那様の言葉は正解だったと再確認。

もともと仕事したくてしてたわけじゃないけど、何もしないと身体がむずむずする。

堕落生活なんて、すぐに飽きるものだって今なら分かる。

わたしの家族のように骨の髄まで堕落し切ってるのなら別に何も思わないんだろうけど、ラグナートに仕込まれたわたしは立派な仕事人間に成長した結果、堕落を楽しめない。

なんとなく、公爵家の資産を使いまくって遊ぶのには躊躇しちゃうんだよなぁ。

まったく、どうしてくれよう、この体質。

「遅かったな」

執務室に入ると既に全員が揃っていて、わたしが一番最後だった。ロザリモンド嬢も既に着替えてソファに座ってお茶を飲んでいる。

同じ女性のロザリモンド嬢が早いと、少し気まずい。

「これでも頑張りました」

ベッドにダイブという誘惑に耐えて頑張ったんだよ、などという言い訳は言えるはずない。

ロザリモンド嬢の正面に旦那様が座っているので、わたしは旦那様の横に腰かけた。

「さて、それじゃあ報告を聞こうか？」

ここにいるのは旦那様を筆頭に、その秘書官のディエゴ、わたしの護衛であるミシェル、総括執事のラグナートにさっき連れて行かれたイリーガル、それにロザリモンド嬢とわたしだ。

お茶を淹れて配っているのはイリーガルで、なかなかの味だと思う。

さすが執事の一族。家から離れたとしても、それなりの教育を受けているらしい。

配られたお茶を口に含んでいると、旦那様がラグナートを促す。

「まず、皇都邸では特別なことはありませんでした。しかしながら社交界では、現在ある噂が流れています」

「それは？」

一瞬ラグナートがわたしをちらりと見て、すぐに旦那様に向き直る。

「リーシャ様のご実家が破産の状態であると」

しーんと静まり返って、全員の視線を感じた。

「意外と早かったな」

旦那様の静かな声が執務室に響く。

「まあ、あの経営状態を立て直すのは、ロックデルでは難しかったということか」

「一つ、付け加えますと……そのロックデルは亡くなりました」

「はい？」

思わず、本当に思わず口から疑問符が飛び出た。いや、冗談かって本気で思った。

だけど、それは間違いでもなんでもないようで。

弟のイリーガルも驚いたようにラグナートを見てるし、ディエゴに至ってはぎょっとしてる。

しかし、わたしが現実味を帯びないその話を信じ切れずにいるのに対し、旦那様は平然としていた。

そのあまりにも落ち着いた様は、まるで知ってましたと言わんばかりで、疑惑の目が何対も旦那様に向かった。

「……なぜ私を見る」

不機嫌そうに旦那様が眉を寄せた。

いや、だってねぇ？　誰か言ってあげてくださいよ。旦那様ならやりかねないって。ほらミシェル！　ここでいつものように空気を読まずに、ぜひどうぞ！

「いえ、クロード様なら暗殺くらいやりかねないと思いまして」

と思ったら、ロザリモンド嬢の方が早かった。彼女は、ころころと笑う。

いや、笑うところじゃないし！　でも全員の気持ちを代弁してくれてありがとうございます！

こんなこと言えるのはロザリモンド嬢かミシェルくらいだよ。でもそのミシェルよりも早く空気をぶった切るように言えるのは、やっぱりロザリモンド嬢くらいかな？

わたしはロザリモンド嬢に変に感心した。

「私でも時と場合を考える。あれは殺す価値もない」

えーと、一応イリーガルのお兄様なんだけどね。いいのかなぁ？　あ、いいのね？　イリーガルは気にしてなさそうだわ。むしろ、殺しておいてくれたらよかったのにって顔してない？

「言葉足らずで申し訳ありませんが、完全に事故かと」

川の氾濫（はんらん）で農地がやられて、その視察中に土砂がなだれ込んできたんだとか。

それは、確かに運の悪い事故……と言ってもいいかも。

治水工事は予算の関係で進んでいなかったし、起こるべくして起きた事故だったと思われる。

「時系列でお話ししますと、私がベルディゴ伯爵家を辞した時、新しく総括執事についたのは伯爵の側近です。ただし、あまりにも仕事ができないのであとから来たロックデルにその座を奪われました」

父の側近は、一応分家出身だ。

普通は総括執事を辞する前に徐々に仕事を教えていくのだけど、ラグナートとは当然のことながら馬が合わなかったので、全く引継ぎがなされることはなかった。

おかげで、仕事が滞ったようだ。

その後、なんだかんだで公爵家の総括執事をやっていたロックデルがやってきたので、全く仕事のできない分家の人間よりも父は重用したらしい。

まず、他家の人間をそんな地位に重用することがおかしいけど、この際それは置いておく。

とにかくロックデルはまずまずの仕事をしながら、伯爵領の管理にまで乗り出して……うん、きっと愕然(がくぜん)としたに違いない。

赤字だらけの帳簿を見れば、きっと公爵領との違いがよく分かるはず！

公爵領はなんだかんだでお金はたんまりあり、自分のものにするだけの価値があっただろうけど、我が実家にはこれっぽっちもないからね。

「それでも一応は頑張っていたようですが、残念です」

うーんラグナート。全然残念って口調じゃないんですけど。

むしろ、ラグナートが全部企んで、その死にも関与してるなんて言っても驚かないよ。

「これ以上は聞かなくても簡単に想像できるな。領地を管理する人間が誰もおらず、それなのに伯爵一家が湯水のごとく金を使っていれば、どんな結果になるかは誰にでも分かる」

わたしが結婚して、まだ数カ月。

いつかは破綻する時が来るとは思っていたけど、まさかこんなに早いとは思わなかった。

「もともとリーシャ様が保たせていたような家です。有能な人間は未来がないことくらい分かりますから、早々に逃げ出しているでしょうね」

「だろうな」

ある意味、わたしも逃げ出したうちの一人だ。

「それで、破産しかかっているベルディゴ伯爵家はどうするつもりなんだ？」

「実は、こちらを受け取っております」

旦那様が渡されたのは、ベルディゴ伯爵家の印の押された手紙だった。

ラグナートから手紙を受け取ると旦那様は読みもせず、すぐにそっくりそのままわたしに渡してきた。

「なんですか？」

「読みたいかと思って」

「一応言っておきますけど、わたしじゃなくて旦那様に来た手紙ですけど？」

それに、読まなくても書いてある内容が何かは分かる。一応わたしの家族の——父親の考えそうなことぐらいは理解してますので。おそらく旦那様も分かってるんだろうけど。

だからなのか、旦那様も面倒そうにしながら中身を取り出し、さっと一読した。

「思った通りだ」

「そうでしょうね」

2人で分かり合ってると、正面に座っているロザリモンド嬢が困ったようにわたしたちに言った。

「申し訳ないんですけど、2人だけで分かり合わないでいただいてもよろしいでしょうか？　仲がいいのは喜ばしいことだと思いますけど」

「べ、別に仲がいいわけでは——！」

慌てて否定しようとすると、ミシェルが言葉を遮るように微笑ましそうな声音で言った。

「うんうん、リーシャ様がちょっとややこしい性格なのは分かってますけど、この際お2人の仲は置いておくとして、こっちにも説明していただいても？　なにせ、リーシャ様のご実家については多少知ってる程度なので」

「わたくしもよ。不勉強で申し訳ないんですけど、北に位置する領地ってことくらいしか知りませんもの」

さて、どこからどう説明したものか。実家のことをはじめから説明するのは長くなる。なにせ、両親の結婚話にまでさかのぼる。

うーん、とわたしが悩んでいると旦那様がサクッと要点をまとめて説明してくれた。とても分かりやすくて、全員がなるほどと頷く。

「つまり、リーシャ様とラグナートさんが領地経営してなんとかなっていたけれど、2人がいなくなってあっさりと経営が傾いて今に至ると？」

「そういうことだな」

ミシェルが簡潔にまとめ、憂いを帯びたロザリモンド嬢と視線が合った。

「リーシャ様もご家族で苦労なさっているんですね……、でもクロード様が冷遇されているリーシャ様を見初めたなんて、まるで小説の中の話のようですわ」

「えっと、ロザリモンド嬢……、別に見初められてはいないんですけど。ただ都合がよかっただけで……」

「まあ！　都合がよかっただけなんて、そんなことはありませんわ。クロード様だったら、もっとよりよい条件の方がいらっしゃったはずですもの。それなのにリーシャ様を選ばれたのは、きっとリーシャ様にお心を寄せていたからですよ」

「少なからず想いがなければ結婚などしない。一生の問題なんだからな」

とは言っても旦那様。それは、人間として好きって感情でしたよね？　今はちょっと違う意味合いだっていうのは理解してますけど、初めからそうだったなんて誤解のあるような説明はしないでくださいませんか？　……そして、話が逸れてますから！

「ごほん！　いいですか、話を戻しますけど！」

「あら、わたくしはお2人の馴れ初めを詳しくお聞きしてもよろしくてよ？」

「よろしくありません！　話はわたしの実家のことだったはずですよ。ええと、簡単に言えばミシェルのまとめたことで大筋は合ってます。まさか破綻寸前にまでなってるなんて知りもしなかったし、もう少し緩やかだと思ってたんですけど……」

これは本当にそう思ってた。

それに、一応ロックデルを送り込んだから、それなりになんとかなるんじゃないかなぁとも。

「手紙の内容をお聞きしても？」

「聞かなくても、だいたいみんな予想していそうだけど」

肩をすくめながら手紙の内容を話す。簡単にまとめると、お金の無心だ。

全員がやっぱりねという呆れ顔だった。

「想定内だろう？」

旦那様が手紙をラグナートに手渡し、処分するように命ずる。

「そうですけど……でも、旦那様的にどうするつもりなんですか？」

「それを聞くのは私の方だが？　リーシャがどうしたいかによるな」

わたしへ丸投げかと思いきや違うようだ。本当にわたしの意志如何で旦那様の取るべき対応が変わるらしい。

でも、わたしの答えは一つしかない。

「無視しましょう」

今さら、なぜ助けなければならないのか分からない。

わたしを見限ったのだから、こちらを頼るのはお門違いだ。父からしたら、わたしに頼ると言うよりも旦那様に頼ろうとしてるんだろうけど、同じようなものだ。

薄情と言われても、わたしには彼らを助ける義理はないと思っている。

領民だって、わたしのことをよく知りもしないのに、散々わたしを悪女のように噂してくれた。まあ、それは継母や異母姉のせいだと言えるけど。

そう考えると、確かに領民も被害者と言えなくもないけど……でもね……。

「罪悪感を持つ必要はない。君はもうリンドベルド公爵家の一員だ。実家にされた仕打ちを考えれば、見捨てたとしても理解できる」

「別にわたしは見捨てても後悔はしませんよ……」

ベルディゴ伯爵家から嫁に出て、未練はないと言えば嘘になる。あの地はずっとわたしの血族が守ってきた土地なのだから。

特産品も何もない北の大地ですごい田舎（いなか）だけど、過労とストレスで倒れそうになりながらも守ったのは、やはりわたし自身が失いたくない思いがあったからだ。ただし、その思いもだいぶ薄れているけど。

ただ、わたしよりもずっとあの地に思い出があるラグナートはどう思っているのか気になった。

「わたしよりも、ラグナートはどう思っているのか知りたいんだけど」

「私は既にリンドベルド公爵家の人間です。どのようなことになろうとも、思うことはございません」

感情を隠すのが上手いラグナートの嘘を見抜くのは難しい。言葉通り信じていいか判断に迷う。

旦那様がわたしとラグナートの答えに対し、軽く頷（うなず）いた。

「では、結論は出たな。援助はしない、いいな？」

確認のようにわたしに問う旦那様に、頷いて返した。

「他に報告はあるか？」

「特にございません」

ラグナートが答えると、この話し合いの場は解散となった。

ゆっくり休めと旦那様に言われ、なんとなくもやもやするわたしは部屋に戻り遠慮なくベッドに潜(もぐ)り込んだ。

気にする必要はない。だって、ベルディゴ伯爵家からわたしがいなくなることをみんなは望んだのだから。

だから、わたしもベルディゴ伯爵家を捨てるように旦那様と結婚した。お互い様だと思う。

もう関わり合いになりたくないなと思いながら、ベッドの中でゴロゴロする。

なかなか寝付けずにいたけど、やはり身体は疲れていたのかいつの間にかうとうととして瞼(まぶた)が重くなっていった。


「あー、頭が痛い……」

先に言っておくけど、寝すぎて頭が痛い――ということではない。

では、頭痛の原因は何か……さらに断っておくけど実家の件でもない。いや、そっちは多少頭の痛い問題ではあるけど。

だけど、わたしは伯爵領よりも頭を悩ませなければならない問題があった。

「どうすればいいのよ」

ため息をつきたくなって頭を悩ませているのは、公爵領で新たに行う予定の事業について。

順調にいけば、なんの弊害もなく進めることができたはずなのに、ここにきて最大の弊害が生まれた。

「どうしてヴァンクーリがどんどん増えてるのよ！　公爵領を乗っ取る気なの⁉」

実は10匹ほどにもなるヴァンクーリは始まりにすぎず、段々その数を増やしていってるらしい。

らしいというのは、わたしもたった今、旦那様から聞いたばかりだからだ。

「さてな、ただしそろそろ隣国が何か言ってきそうな気配はあるな」

うぅ！　それこそこっちのせいじゃないのに。むしろ被害者なのに！

旦那様の執務室のソファの上で頭を抱えるわたしを楽しそうにミシェルが見ている。ちなみに、他にこの部屋にいるのはディエゴだけど、そっちはなんだか死にそうになってる。

話を戻すけど、現在ヴァンクーリの大半は炭鉱村の森や山で暮らしている模様。驚くことなかれ、なんと共存しているのだ、彼らと村の人たちは。

はじめの邂逅は歓迎されたものでもなかったが、彼らがいると害獣が近づかず、細々と各家庭で作っている畑を荒らされることもなくなった。

しかも彼らは山に自生しているヴァクイを勝手に食べて、人に危害を加えずむしろ手助けまでしているという報告もある。

おかしいぞ、知能指数高くないか？　そして、村の人たちも順応早すぎないか？

ただし、一つ言っておく。

彼らのせいで、わたしが計画していたことが不可能になり始めていた。

「餌……餌食べられてるんですけど……」

「既に自生分はほぼ食い尽くしているとの報告もあるな。村人総出で育てているとか」

ヴァクイは雑草に近い。一株あるとそこら中に勝手に生え始めて成長する。ただし、暑い気候はお好みではないので寒い地域限定。

公爵領は縦に長く、北方の地域はヴァクイがよく育つだろう。そういうことも想定しての事業計画だった。

「あそこに現金を流すための計画だったが、この際ヴァンクーリの事業でもいいんじゃないか？」

「そもそも、なんでこっちに流れ込んでるんですか？　確かに山脈は繋がっていますけど、今まで一度もないんですよね？」

「はぐれを時々見かける程度だな。似たような気候で隣国にしか生息していないというのなら、彼らを引き付ける何かがあったんだろうが、その何かがこちらにもできたのかもしれない。そろそろ、問題化するだろうな、向こうの国でも」

こっちは別にいなくてもいいんですよ。

むしろ、数が多くなればなるだけ、わたしの考えている事業はとん挫する。

いや、別にヴァンクーリが嫌いとかじゃないですよ？　むしろモフモフが気持ちいい。最高の毛触りだから、嫌いな人はいないんじゃないかな？

でも、ヴァンクーリの事業って隣国と競合しちゃうし、睨（にら）まれそうだ。

「別に現金が流入すればいいんだから、とりあえずヴァンクーリの毛を使った糸を紡（つむ）いで売れば利益にはなる。こっちは国家事業でもなんでもないんだ。公爵家の主産業にする気もない。もしヴァンクーリが気まぐれでいるのならそれでもいいし、いなくなれば当初の目標通り肉の事業を始めればいい」

「それもそうですね」

ヴァンクーリと餌の取り合いみたいになってしまっていたけど、それなら別に問題ない。

「ところで、誰が毛を刈るんですか？」

「一人ではさすがに無理だろうな……、それにやはりきちんと訓練した人間がいいだろう。せめて他の動物でもいいから経験のある人物が望ましいな」

憐れみを持って、側に転がっているリヒトを見る旦那様。そのリヒトの毛は若干さみしい……気がしないでもない。

悪かったですねぇ！　だって初めてなんだから仕方ないんですよ！

実はヴァンクーリの毛を刈るお仕事を公爵領でしてきたけど、もう本当に大変でした。はじめにレーツェルから人身御供に差し出されたリヒトの毛を整えてみたけど、うん、わたし才能ないわ！　ってすぐに理解した。理解したけど、わたし以外にやられたくないのか、ヴァンクーリ側が拒絶してきたのだから仕方ない。

そして、本番。

レーツェルが明らかに嫌がっていたので、他の子でもうちょっと練習！　って思ってたけど、近くでわたしを指導してくれていた羊毛を刈っている人が、最終的には自らやり出した。というか、ヴァンクーリ君たちも、１匹終わったあと次第に及び腰になって、仕方ないかと手慣れていそうな人に集まった。

ひどいよね？　わたしだって頑張っているんだよ？　でも熟練の手つきとは違うんだよ。

ヴァンクーリの毛を刈るのは初めてだと言っていたけれど、わたしよりは明らかに上手だった。

動かないでじっとしているヴァンクーリはやりやすいらしい。

「一つ聞きますが、需要ってあるんですか？」

「あるんじゃないか？　数が少ないとはいえ国内産だったら多少は価格は抑えられるだろうし」

旦那様の言ってることはもっともだ。でも、ものすごく高いからすごく高いに落ちるくらいだろうに、それでも欲しがるだろうかと悩む。

「リーシャ様、それなら市場調査した方が早いんじゃないですか？」

「市場調査？」

突然横からミシェルが提案してきた。

「あの毛を好むのは主に女性が多いと思います。つまり、お茶会で聞けばいいんですよ。欲しいか欲しくないか。もしくはどれくらいの値段なら買うか」

「お金のことまで口に出すのはちょっとはしたなくない？」

「僕と親しい令嬢方なら別になんとも思わないと思いますよ？　分かってると思いますが、少し変わった子たちですから」

ああ、彼女たちね。

ミシェルに紹介された派閥の令嬢たちだ。確かに彼女たちなら忖度(そんたく)なしで意見を聞けるかもしれない。

「お茶会か……」

「ちょうど今度みんなで集まるらしいんで、一緒に行きます？」

「……一つ確認だけど、彼女たちはミシェルのこと知ってるんだよね？」

「知ってますよ。ちゃんと言ってます、男だって。でも関係なく付き合ってくれている貴重なお友達です」

「さすが、変わり者の周辺には変わり者が集まるな」

類は友を呼ぶ的な？　でも、それ言っちゃうと旦那様も当てはまっちゃうんですよ？　ミシェルをこの家に招き入れたのは旦那様なんですからね。

「集まるのは他人のお茶会ですけれど、結構有名な庭園をお持ちの伯爵夫人が主催で、かなり多くの人が集まるようです。ちょうどいいのでは？」

さりげなく、ミシェルの仲間の令嬢だけじゃなくて他の人にも聞けるとね。

いいですけれど。

「それなら私のところにも招待状が来てる。断るつもりだったが、ちょうどいい。伯爵に用事があったから付き合おう――……なんだ、その顔は」

「いえ、光栄だと思いまして！」

忙しい旦那様がたかがお茶会に参加とか言うと、何か企んでいると思われてもしょうがない。

思わず顔に出してしまったけど、誤魔化(ごまか)して精一杯の笑顔で微笑んだ。

しかし、旦那様はちょっと不機嫌顔になっていた。

久しぶりの社交は気合が入る。一番気合が入っているのはわたしじゃなくて侍女の方々だけど。

本日は晴天なり、ということで青いドレスに白いショールを羽織る。

ドレスのスカート部分は光沢のある生地で、右片だけがドレープ状になり綺麗(きれい)なひだが歩く度(たび)にゆらりと揺れた。そして縫い付けられている白いレースがまるで雲のようだ。

本日のエスコート相手は当然旦那様。

旦那様は紺色のフロックコートに同色のネクタイ、シルバーのネクタイリングがきらりと輝いていた。

うん、いつも思うけど、何着ても似合いすぎるくらい似合ってる。

そして――。

「お茶会は久しぶりです！　ロザリモンド様のドレス、素敵ですね。緑のドレス。よく似合っています」

と、女装姿のミシェル。

「ええ、皇都でのお茶会はわたくしも久しぶりです。ミシェルさんもよくお似合いですわ。若いからか、明るいクリーム色が映えますわね。言われなければ男性だなんて誰にも分かりませんもの」

と、感心して返すのはロザリモンド嬢。

2人はそれぞれにドレス姿を褒め合っている。普通ならば微笑ましいで済むような話が、片方男だと知っているとなんだかなぁと思ってしまう。

というか、ミシェルはなんで女装姿なんだろう？

本当にどこを目指しているのか気になる。女装すると美人だから騙される男は多い。

「……なんだか急に厄介事が舞い込みそうな気がするのはなぜでしょう？」

「口にするとそれが現実になるぞ」

もう遅いですよ、旦那様。

「そういえば、ミシェルって実家とは今どうなっているんでしたっけ？」

「侯爵の前で自分は男だと見せつけて、家と絶縁したとは聞いたな。しかし、侯爵夫人とは手紙のやり取りはあるらしい」

「そうなんですね」

「侯爵夫人には感謝しているようだし、血縁上は祖母だからな。彼女にとっても、一番初めの孫だし、生まれも生まれだから気にかけてはいるようだ」

実はミシェルの血の繋がった父親と言うのはアンドレット侯爵家の嫡男の方だ。

しかし母親との関係も複雑で、いろいろとあって女と偽って現侯爵夫妻に引き取られた経緯がある。ミシェルが男であると知っていたのは、現侯爵夫人である血縁上の祖母君だけ。彼女に育てられて、女としても男としてもどちらの教育も施されたんだとか。

つまり、ミシェルにとってみたら頭の上がらない人物らしい。

現侯爵や一応遺伝子上の父親である兄上殿とは没交渉だけど、侯爵夫人とはそれなりに繋がっていると聞いてミシェルらしいとも思う。

なんだかんだで、義理堅いのだ。教育を授けてくれて、男として生きる術を与えてくれた侯爵夫人のことは気にかけている。

「参加するかどうかは分からないが、今日も招待されていると思う」

それなりの規模らしいですからね。しかも主催者の方は侯爵夫人と同年代とのことだ。

「もし参加していたとして、ミシェル今日は女装してますけど……」

「……変人だということはきっと分かっているだろう」

その間がなんとも言えませんね、旦那様。女装趣味の孫って彼女的にはどうなんだろう？だって、男なのに女として生きることを強要？　されていたのを知っているわけで。傷口に塩を塗り込むようなものじゃない？

普段のミシェルならやりかねないけど、さすがに侯爵夫人に対してそんなことをするわけないので、単純に自分が好きだから女装してる。そして似合ってるからこそ何も言えない。人の趣味に口を出すほど野暮でもないし。

「とりあえず行くぞ」

旦那様の声で、ようやくミシェルとロザリモンド嬢は褒め合うのをやめる。

よくそれだけ、褒め言葉が出てくるなと感心した。

お茶会の会場はそれは素晴らしい庭園だった。自慢したくもなるよねって思う。

自由な社交場って感じで、おのおのが知り合いと固まって近況なんかを話している。お茶会の雰囲気は悪くない。

なんとなくこの主催者の人柄を思わせる。挨拶した時の印象は、やさしそうなお方だなと感じた。

夫婦揃っての出迎えだったけど、旦那様は言葉通りこの家の主である伯爵閣下に話があったようで2人揃って邸宅内に入って行く。

一緒に来ても夫婦別行動はよくあることなので、特別気にもせず旦那様と別れてわたしは親しくなった令嬢方のもとへ向かった。

「お久しぶりですね、リーシャ様」

「本当に。しばらく領地に行っていらしたとか？　公爵領はこの皇都から近いのでうらやましいです」

「お茶会に招待しようと思っていたのに、何かあったんですか？」

右からリース嬢、マチルダ嬢、アマンダ嬢の三人娘。

そこにわたしの他にミシェルとロザリモンド嬢が合流する。三人娘はロザリモンド嬢とは初対面のため、ミシェルが率先して紹介していた。

はじめはお互い探り合っていたものの、どこか変わった仲間たちはどうやらすぐに同類だと分かるらしい。すぐに仲良くなっていた。

「いろいろとありましたね」

本当にいろいろとあった。口で説明できないいろいろがね。

「公爵領ともなると、わたくしたちでは思いもしないことが起こってもおかしくありませんわ」

この中で一番の妹分であるアマンダ嬢が、わたしに同情して悲しそうに顔を歪めた。

「気晴らしの話相手にくらいにしかなれないかもしれませんが、何かありましたらぜひ頼ってください」

リース嬢の頼もしい言葉は素直に嬉しい。なんか、お友達って感じだ。いや、お友達なんだけど、社交界で初めてできた友達。

魑魅魍魎が蔓延り、人の揚げ足取りばかりの人種が揃う社交界において、気の合う友達は貴重な存在だ。

そう思うと、はじめにミシェルと仲良くなれたのはよかった。本人はちょっとどころかかなり癖があるけど、人柄的には信用できる人だし。それを考えると、ミシェルと仲良くなるきっかけをくれたエリーゼには感謝した方がいいのかも。あと、旦那様。

「ところで、実は今日は3人に聞きたいことがあって」

「聞きたいことですか？」

マチルダ嬢が首を傾げた。

「そうなんです、もしヴァンクーリの毛が安く手に入るのなら、どれくらい安くなれば買いたいと思います？」

「珍しい商品のことをお知りになりたいんですね」

リース嬢が面白そうな目でわたしに返す。

「わたくし、ずっと欲しいとは思っていますけど高くてとても買えないですわ。コートとかは夢のまた夢。でも小物くらいなら値段も抑えられるでしょうし、手ごろな値段なら買いたいと思います」

アマンダ嬢の目がきらきらと輝く。うっとりと頬を染める様子から、彼女はヴァンクーリの毛を商品化したものに触れたことがあるようだった。

「そうですね、確かに小物くらいなら手が届きそうです。冬用の襟巻(えりまき)や帽子なんかは温かく過ごせそうです」

ヴァンクーリの毛は貴重で、基本的にほとんどのものが服に使われている。小物もなくはないけど、我が国ではほとんど流通していない。

先入観で服にするものと考えていたけど、小物なら少ない量でも作れるし値段も抑えられるはず。ミシェルもロザリモンド嬢も、なるほどという顔で話を聞いていた。

「女性はあの手触り絶対好きだと思います！　リース様とマチルダ様は触ったことあります？」

「わたくしはないわ」

「わたくしもです」

「リース様もマチルダ様も一度は触ってみてほしいと思います。本当に他のものとは全くもって違うんですから！」

力説するアマンダ嬢は、ぐっと両手を握りながら力強く押しまくっていた。

「リーシャ様、わたくし思うんです！　ヴァンクーリの毛がどれほど素晴らしいか世の女性に知ってほしいと！」

一歩前のめりになるように、わたしに迫るアマンダ嬢。

う、うん。そうだよね？　まずはヴァンクーリという生き物と、その毛から生み出された糸や紡がれた布なんかを知ってもらうのが先だよね？　言っていることはもっともだけど、ちょっと近いよ、アマンダ嬢。

「アマンダ、少し落ち着きなさい。リーシャ様が困っているわ」

リース嬢がアマンダ嬢の肩に手を載せ、彼女の勢いを抑えてくれた。

アマンダ嬢はその言葉にはっとして、わたしが若干引き気味になっていることに気付くと、恥ずかしそうに両手で頬を包み込んだ。

「申し訳ありません、リーシャ様。少しはしたなかったようです」

「いえ、それだけお好きなのだということが分かりました」

アマンダ嬢が興奮する理由も分かるので、わたしは苦笑しかなかった。

だって、一日中撫で繰り回したいって思うもの。わたしも。

「もしかして、リーシャ様は隣国に何か伝手でもあるんですか？」

「そうではないんですけど、少しヴァンクーリの毛が手に入りそうだったので、どうやって使うのがいいのかと悩んでいまして」

本当に困ってるんだよね。慣れていないものを扱うとなると失敗も考えて、そうすると実際に流通させることになるのは少ないかもしれない。

旦那様はこれは公爵領の領主主導の事業として大々的に行うつもりはないと言っている。つまり、利益としては元が取れて、この事業の中枢である村にお金が流れるようになればいいと思っている。それがあの村で事業を行おうとしている理由だし。

「少し考えてみますね。貴重なお話ありがとうございます」

にこりと微笑むと、それとは逆にリース嬢とマチルダ嬢がお互いに視線を交わし合い困ったように微笑んだ。

「あの、リーシャ様。これは差し出がましいことかもしれませんが、もしリーシャ様か公爵家主導で事業でも立ち上げるおつもりなら、しばらくは様子を見た方がよろしいかと思います」

「……なぜでしょう？」

マチルダ嬢の様子から、あまりいい話ではないようだ。

「その、これはリーシャ様に言うのは躊躇(ためら)われることなんですけど、最近ご実家のことをお聞きになられませんでしたか？」

言いにくそうに声をひそめて、リース嬢が窺ってくる。

「それは……」

聞きましたとも、つい最近。わたしの実家の現状が社交界でも結構広まっているらしいことも。

わたしの反応で知っていると理解したリース嬢が、扇で口元を隠しさらに声をひそめた。

「ご実家をお助けにならないのでしたら、新しい富を築くのはしばらく様子を見るか、もしくはどなたかに仲介してもらった方が悪評に繋がりにくいかと思います」

なるほど。リース嬢が何を言いたいのか理解した。

公爵家はもともと相当裕福な家柄で、新しい事業を起こして成功すれば富の独占だと言い出す貴族が一定数以上いる。それくらいはどうってことないけど、今回は厄介な問題に発展する可能性があると。

自分の実家を援助することなく、富だけを築く。確かに、周りから見ればあまりよくは見えないだろう。

余裕があるのに、困窮する実家に金銭的援助をしないなど、普通に考えればあまりよいことではない。

周りからは、わたしが実家の困窮に関わっているのだからなおさらだ。

さっきから少し視線を感じていたのは、わたしがリンドベルド公爵夫人だからという理由もあるけど、それ以外にも実家のことがあるからなんだろうなとは思っていた。

「ご助言ありがとうございます。公爵様とも相談していろいろ決めたいと思います」

2人に礼を言って、これはわたしだけでは解決できない問題だなぁ、旦那様に丸投げしようかなと考えていると、今日の主催である伯爵夫人が近づいてきた。

招待客への挨拶が済んだようで、今回最も身分の高いわたしへ再び声をかけに来てくれた。

「本日はお越しくださりありがとうございます、リンドベルド公爵夫人」

「いえ、こちらこそご招待してくださりありがとうございます。素晴らしい庭園ですね。こうして花を眺めていると心が安らぐ思いです」

社交辞令ではなく、本当に見事な庭園。伯爵夫人は嬉しそうに微笑んだ。

「お若い方にはただ花を眺めて歓談するなんてつまらないお茶会でしょうが、楽しんでいただけているようで何よりです」

社交は好きじゃないけど、こうしてお友達に会えるのならたまには社交もいいかなとは思う。わたしが社交嫌いなのは、お友達がいなかったせいも大いにある。悪意ある嘲笑の的にされていたら好きになれるはずもないけど。

「リンドベルド公爵家も庭園がありますが、こちらは華があってとても楽しめます」

公爵家の皇都邸にもそれはそれは素晴らしい庭園があるけど、華があると言うよりは落ち着いていると言った方がいいかもしれない。旦那様の好みが反映されているけど、庭園を眺めていると、もう少し華やかにしてもいいのかなと思う。今度聞いてみようと心の中で決めた。

「わたくしは実家の庭園も好きなんですよ。こちらに比べたらささやかなものでしょうが、思い出がつまっていますもの」

いきなり伯爵夫人の実家の話になり、話題がタイミングよすぎて警戒心が湧いた。

一つ言えることは、全く共感できない。実家はいろんな意味で思い出の地ではあるけど、好きか嫌いかで言われると嫌いに属する。

「そうなんですね」

答えに困って微笑みながら無難に答えると、伯爵夫人が困った子を見るかのような目でわたしを見た。

爵位的にはわたしが上だけど、社交界の上層部にいるようなご夫人を積極的に敵に回すつもりもないので、無礼な視線は気にしないことにする。

「ところで夫人……あまりわたくしのような者が口を挟むのはよろしくないと思いますが老婆心ながら一つ助言を」

「なんでしょうか？」

「確かに夫人は既に結婚して他家の者ではありますが、だからといってご実家を大切になさらないのは間違っていると思います」

やっぱりか。なんか分かってたんだよね、実家の話を持ち出された時から。この人、わたしの中でやさしそうな人から面倒くさい人になったわ。

言っていることはもっともなことでも、事情を知らない外野がとやかく言う問題ではない。しかも、どうして実家を大切にしていないって話になるのかな？　もしかしたら既に援助してるかもしれないじゃない。いや、していないから伯爵夫人の言っていることは正しいけど、そういう問題ではない。

彼女のしていることは不確かな情報で相手を非難しているということ。それが自分よりも身分が下ならばともかく、わたしは一応伯爵夫人よりも身分的には上の公爵夫人だ。

たとえ年齢が上であって人生経験豊富であろうとも、はっきりと間違っていると口にするのは身分的にはマナー違反ともとれる。

それこそ、親しい親族とかならまだ分かるけど、わたしと伯爵夫人は初対面だ。

彼女の言葉にわたしの周りで聞いていた面々もおかしいと思っているようだけど、明らかに上位者である伯爵夫人に意見するのは躊躇われるようだ。

「夫人、公爵夫人が間違っていると非難するということは、何か確信があってのことなんでしょうか？」

侯爵家とは没交渉だけど、侯爵令嬢としてこの場にいるミシェルが伯爵夫人に眉をひそめながら問う。

でも確信がなければ言わないよね。一応上位貴族として長い年月過ごしてきたんだから、自分の発言がいかに非礼であるかは分かっているはず。

それでも口に出すということは、確信に近い何かがあるということ。

しかし次に伯爵夫人が口にした言葉で、わたしは盛大にため息をつきたい気持ちになった。

「わたくしはベルディゴ伯爵家と親交がありまして、その縁でアグネスト嬢と話す機会がありましたの。本当に困っていらして、このままでは望まぬ結婚をすることになるでしょうね」

どうやら、本当におやさしい方らしい。

そんな性格でよく社交界でやっていけるなぁと思うけど、彼女はきっと本物のお嬢様育ちなんだろうと思った。何一つ苦労することなく育ち、上の者が下の者を守ることは当然と考え実践する。それは周りを支えている人が、一番苦労していそうだ。

正直、伯爵夫人と比べてまだ皇女殿下の方がマシなのかもと思う。皇女殿下の場合は悪意をはっきりと感じたから、わたしも対応しやすかった。

でも伯爵夫人は違う。悪意はなく、純粋な親切。ありがた迷惑だけど、こういう人は悪意を持って近づく人に食い物にされる。そして、それに気付かないように周りが守ってきたんだろう。

傷つくことなく自分の望む通りになってきたのなら、自分が正義だと思っても仕方ない。

だけど、一応良識ある方なのだから、わたしに直接言ってくることはないと思っていた。

つまり、彼女にとってわたしは公爵夫人ではあるものの、自分より下の人間だと思っている証拠だ。

これ、正論で返したらどうなるんだろう？　面倒なことになるかなぁ？

面倒くさいことになりそうで、どうしようかと思っているとロザリモンド嬢が不愉快そうに口を挟んだ。

「伯爵夫人、あなたがリーシャ様におっしゃったことは、まるで上の人間が下の人間に注意するかのような言い方ですわ。いいですか？　親しい親族ならともかく、血族でもない方が他家のことに口を挟むのはおかしいです」

ロザリモンド嬢……あなたも他家の人間ですけど、散々リンドベルド公爵家のことに口出ししていましたよね？　あ、親族だから自分はいいってことですか？

ミシェルもロザリモンド嬢の言い分が何かおかしいことに気付いたけど、ここで横やりを入れない方がいいことくらいは分かっているので口元を隠しながら様子を窺っていた。

おそらく、ロザリモンド嬢が言わなければミシェルあたりが言い返していそうだ。いや、ミシェル派閥も黙っていないかも。

そうなったら収拾つかなくなりそうだわ。あー、なんか嫌な予感が的中って感じなんですけど！

「まあ、あなた！　失礼なのはどちらなのかしら？　公爵夫人と話している最中に横から話の腰を折るなんて……」

「あら、そのお言葉、お返しいたしますわ。わたくし、礼儀を弁えていらっしゃらない方って好きになれません。もちろん、リーシャ様もきっとそう考えていらっしゃるわ」

えぇ……、そこでわたしを巻き込むの？　いや、はじめから巻き込まれていますけど……というか当事者ですけど。

「リンドベルド公爵夫人、このような令嬢とのお付き合いは少し考えた方がよろしいかと。上位者同士の話に口を挟むなどマナー違反ですよ」

ロザリモンド嬢も自分が正しいと思っているから、伯爵夫人と意見がぶつかる。明らかに気分を害しましたと顔に出ている伯爵夫人にとって、ここまであからさまに注意を受けるのは初めてなのではなかろうか。

個人的に言えば、ロザリモンド嬢頑張れ！　だけど、ここは一応主催者の顔を立てておいた方が後々楽そうだ。

なんだかんだ言っても長年社交界で生きてきた長老格のお方。悪し様に罵るようなことはなくても、少しの苦言であることないこと広がっていくのが社交界というか貴族。

できれば、伯爵夫人とは相容れないから今後お付き合いしたくないけど、丸く収めるためにこちらが多少譲歩しようじゃないか。

もちろん、全部譲歩する気はないけど。

「伯爵夫人、わたくしのお友達の非礼をお詫びいたします。彼女はまっすぐな性格ですので間違ったことが嫌いなんです」

そうそう、間違ってないよ？　ロザリモンド嬢はまっすぐで自分の好きなように生きている自由人だからね。

「わたくしが間違っているとおっしゃられるの？」

「それに関してはそう言わざるを得ません。なぜ一方の意見だけで、わたくしが非難されなくてはいけないのですか？　実家の人間が嘘をついているとなぜ考えないのでしょうか？　親交があるから？　裁判でもそのような判決は下されません。きちんとお互いの主張を聞いてから判断してくださいます」

凝り固まった正義感を覆すのは一苦労だ。

こんな風に絡まれることがあるから、社交は好きじゃない。せめて両方の意見を聞いてほしいものだと思う。

2つの意見を聞いて、それでも批難すると言うのなら別に構わない。単純にわたしと伯爵夫人の考えが合わないということだから。

「でも公爵夫人、あなたが伯爵家の資産を食い潰していたから、ご実家が困ることになっているんですよ。それについては申し訳ないとお思いにはならないのですか？　ご結婚なされたから関係ないということでしょうか？」

朗らかに微笑みながらも、批難の言葉は止まらない。

だから、どうして片方の言葉しか信じないんですかね？　まあ、そうやって生まれて生きてきたらしょうがないけどさぁ！

真綿に包まれるように育ったんだろうなぁ。うらやまし――くはない。

「それこそ夫人には関係のないことです。これはわたくしからの忠告ですが、他人の家に口を出すのはおやめになられた方がよろしいかと」

外野が口を挟んで、いい方向にいくとは思えない。

彼女はベルディゴ伯爵家と親交があると言っていたけど、少なくともわたしは知らなかった。

「わたくしは、アグネスト嬢を気の毒に思っているだけなのです。若いご令嬢が望まぬ結婚を強要されるなど、あってはならないでしょう。わたくしのお友達も皆、そう考えておりますのよ」

じゃあその正義感をもっと下に向けようよ。

下級貴族の間では売られるようにして結婚するなんて、ざらにありますけどね？

「アグネスト嬢も妹君に嫌われていておつらいのよ。異母姉という立場ですから多少あなたにも思うところがあるでしょうし、仕方がないこともあるでしょう。それでもあなたから歩み寄って行かなければ、愛人の娘として生まれた彼女は肩身が狭い思いをしているはずです」

肩身が狭かったのは、むしろわたしの方だ。

見るからに父親から大事にされていたのは異母姉の方だって、普通分かるでしょう？

「とにかく公爵夫人、少しご実家の方とお話しをされた方がよろしいとかと存じ上げます。お互いに誤解し合っているということも考えられますし。実は公爵様から本日のお茶会のご出席のお返事をいただいた際に、わたくし、公爵夫人がご実家の方々とお話できるようにとご実家の方もお呼びしましたの。内密にお話しをされたいということでしたので、邸宅の一室にてお待ちいただいておりますわ」

「え？」

いや待って？　ちょっと待って？　無駄に行動力ありすぎでないの？

箱入りって時として大胆すぎるから怖い。自分の妻がそんなことしてるって、伯爵はご存じなんだろうか……。

何かの聞き間違いかと助けを求めてみんなを見ると、全員なんとも言えない顔をしていた。

お友達3人組は、こんな話を自分たちも聞いていいのかという困惑、ミシェルは、どうします？　って顔でわたしを見てるし、ロザリモンド嬢もわたしの判断に任せるように沈黙している。

まあ、この話にいたっては完全にわたしが当事者であるし、助けを求めたところで誰も助けてはくれない。

でも何か、いい案ほしいなぁ。主に、この会話を上手く切り抜けてさっさと帰宅できるような提案を。できれば、わたしが実家の人間に会いたいと思っていないのだから、察してほしい。

「伯爵夫人、言っておくことがございます。あなたのおやりになられていることは、わたくしにとってはありがた迷惑というものです。そして、身内の恥をさらすようで恥ずかしいのですが、夫人はわたくしの実家に利用されております」

「まあ、そのようなことはございません。これはわたくしの意志ですもの」

それが本当ならどんなによかったことか。箱入りのお嬢様を騙すなんてきっと楽なことだったに違いない。

わたしは婉曲に言っても理解してもらえないと判断して、はっきりと意思表示をする。

「はっきりと申し上げますと、わたくしはベルディゴ伯爵家の者に会いたくはございません。その理由につきましては伯爵夫人に申し上げることではございませんので、遠慮させていただ

きますが」

こっちの事情を説明しても、それを信じるとは思えない。

社交界での噂が全てだと思っているような人には、双方の意見を聞いて判断するなんて高等技などできないはず。つまはじきにならないように立ち回るのは悪いことではないけど、変な正義感を振り回さないでほしい。

わたしの拒否に伯爵夫人が眉を顰めた。まるで自分の提案を断られるとは思っていなかったようだ。

身分に関係なく年上の存在には気を使うのは暗黙の了解でもある。できれば相手の気分を害さないように上手く切り抜けられればよかったけど、どうせ上手く断って逃げ出しても再び同じ状況になりそうだと思えば、ここで断った方がいい。

年長者の提案をここまであからさまに断るのは普通しないけど、身分を盾にすれば万事解決。年上に気を使うのが暗黙の了解なら、身分の高い者に遠慮するのもまた社交界のマナーだ。

「伯爵夫人、わたくしはリンドベルド公爵夫人です。わたくしが会いたくないと言っているのですから察していただきたいですね」

こういう時、権力あるって楽だわー。これでほとんどが解決する。

社交界では影響力がないわたしだけど、リンドベルド公爵家の威光には彼女も敵わない。

わたしが嫌な思いをしたからといって、この家門とどうこうなることはないけど、彼女の旦那様はなんというだろうか。さすがに公爵家を敵に回すようなことはしたくないと夫人を窘めてくれるかもしれない。この一件はそのうち伯爵の耳にも入るだろうしね。

「公爵夫人はお若いからそのようなことをおっしゃるのですわ。意固地にならずお会いになれば、きっと親しみの情が湧くはずです」

どうしよう、ミシェル……。この人、話を聞かないんですけど？　ちょっとミシェルも何か言ってよ！　皇女殿下を罠にはめた（？）時のように華麗になんとかしてほしいんだけど⁉

この人、エリーゼや皇女殿下とは違った意味で面倒だよ。

ミシェルを睨みつけるように念ずると、肩をすくめながらも請け負ってくれた。

「伯爵夫人、リンドベルド公爵夫人はお会いにはなりたくないとおっしゃっています。強要するのはあまりよろしくないと存じますが」

わたしの眼力を受けて客観的意見という意味合いでやんわりとミシェルは物申す。

ミシェルはいまだに侯爵令嬢として知られているので、実家から出ていてもそれなりに影響力はある。

上位者2人から言われて、さすがに今日は引いてくれるかと思いきや、全くそんな様子はなかった。

「アンドレット侯爵令嬢、大人同士の話に口を挟むのはあまりお作法がよいとは言えませんよ」

大人って言われても、わたしよりミシェルの方が年上なんだけど。結婚してなければ大人として認められないという独自ルールがあるんですかね？

ミシェルもまさかそんな風に言われるとは思っていなかったのか、僕の方が年上なんだけどという視線をわたしに送ってきた。

それに社交界デビューは、みんな成人してからだ。つまり、大人。年齢上はね。

「わたくしの友人は皆、成人した大人です」

「あら、大人とは結婚して家庭を持って責任ある立場になった者のことを言うのです。子供には分からない苦労を味わってこそ、本当に成長するのです」

微妙に言い返せない。

成人したての子供を大人としてひとくくりにすることはできない。大人になったとは言ってもまだまだ親の保護下にあるのが普通だ。そんな成人になりたての子供を果たして大人と言っていいのかどうか。難しい問題だわ。

「そして、子供を本当の大人にするために、時に厳しく助言するのも大人としての義務だと考えております」

時に厳しく助言されてこないとこうなるのね、と思ってしまう。そう思うのはおそらくわたしだけではないはず。

「厳しいご意見も受け入れてこそ、器(うつわ)が広がるというものです。特にあなたはリンドベルド公爵の正妻。幅広く多くの意見をお聞きになって、判断していかなければならないはずです。ご実家の方々のお話もきちんとお聞きして判断しなければいけませんわ」

一部正論。

というか、厳しいご意見をあなたは受け入れてこうなったということでしょうかね？　器が広がった結果、慈愛の精神にあふれてしまったということでしょうか……。

人のために自分が率先して動いているというのは気持ちがいいのかもしれないけど、お願いだから今はちょっと抑えてくれないかなぁ、と心の中で願う。

もう、無難に旦那様を盾にして逃げておこう。

後日また声をかけられるかもしれないけど、旦那様経由で伯爵にも一言釘(くぎ)を刺しておいてもらおうと決めた。

「伯爵夫人、大変申し訳ないのですがベルディゴ伯爵家の者と関わることを夫が嫌がるのです。夫人ならきっとご理解いただけるかと思いますが、夫を不機嫌にしてまで会いたいとは思えません。わたくしは既にリンドベルド公爵家の者ですもの」

夫が不機嫌になるから会いたくないよと言えば、伯爵夫人は口に手を当ててなぜか可哀相な子を見るかのような目になった。

「リンドベルド公爵様がご実家に関わるのを嫌がっていらっしゃるの？　それはおつらいでしょう……」

え……？　どうしてそうなる？

「こうしてはいられませんわ、わたくし、公爵様に一言申し上げてあげます。夫からも先達として夫婦関係について公爵様に助言していただかなければ。公爵夫人、わたくしは少し勘違いしていたようです。ご実家の方とお話するのは、また後日にいたしましょう。公爵様の許可がないのに会っていたことが知れたら、夫人がおつらい立場に立たされるでしょうからね。申し訳ないわ、まるであなたが非情な方のように思ってしまって」

盛大に勘違いされているけど、どうしよう。

なんか旦那様が非情な人間で、わたしを実家から無理矢理引き離していると思っていそうな口ぶりなんだけど……。

いや、わたしはそれ、大歓迎で結婚したんですよ？

でもなんか口を挟むとまたやり取りが大変そうだから、勘違いさせておくことにした。

なにやら勘違いしてくださった伯爵夫人が去っていき、ミシェルが当然のように突っ込んできた。

「リーシャ様、今完全にクロード様のこと、悪者にしましたね？」

「仕方ないでしょう。あそこで、違いますって言えば話は延々に平行線だったわよ」

「空気というものを少しは読んでほしいものですわね」

それ、ロザリモンド嬢が言うことかな？　まあ、いいけどさ。

「巻き込んでしまったみたいで、申し訳ありません」

身の置き場がないような令嬢3人に謝罪すると、3人はすぐに問題ありませんと返してくれた。問題あってもないとしか言いようがないよね、この場合。

他家のお家騒動に首を突っ込んでもいいことないし。むしろ、場合によっては巻き込まれて被害を受ける可能性だってあるしね。

でも、彼女たちはわたしのお友達認定をされているだろうから、わたしの家の人間――特に姉が絡んでこないか心配になった。あの人、本当に性格悪いから。

「もしわたくしの実家の者がご迷惑をおかけすることになりましたら、すぐにお知らせください。ミシェルに知らせていただいても構いませんので」

「気を使っていただいて、ありがとうございます。何かありましたらご連絡いたしますわ」

3人の代表で、リース嬢がにこりと微笑みながら言う。

「では、わたくしはそろそろお暇しようと思います。まだお茶会は続くようですが、皆様はどうされますか？」

「わたくしたちは他の方とも少しお話してから帰ります」

「まだ、食べていないお茶菓子もありますし！」

穏やかなマチルダ嬢と微笑ましい若手アマンダ嬢に、ほっこりする。

「それに、何かあってもきっちり撃退しますから！　きっと皇女殿下よりは楽でしょうし！」

アマンダ嬢……相変わらずかわいい顔して言っていることがかわいくない気がするよ。お姉様は悲しい……。

好戦的なミシェルのお友達はみんなたくましくて、公爵夫人として下位の者を守るべき立場のわたしの方が逆に守られているのは気にしたら負けだと思う。

3人の令嬢と別れて、わたしはとりあえず聞きたいことは聞けたし、伯爵夫人とはこれ以上顔を合わせたくないので、お茶会を辞することにする。

本来ならば主催者に帰宅の挨拶をするのが礼儀だ。嫌だけど挨拶ぐらいはしないと、相手に対して思うところがあると言っているようなものだ。

特にわたしは注目されているリンドベルド公爵夫人だし、伯爵家と揉めたいわけではないのでグッと我慢して伯爵夫人を探すも、その姿はどこにも見当たらない。

広い庭園だし、わたしたちがいたところも陰になっているような場所だったので、もしかしたら見つけにくいところで話し込んでいるのかもしれない。

「ミシェル、伯爵夫人がどこにいるか分かる？」

「僕にはちょっと分かりません。結構広いですね」

「顔を合わせるとまた何を言われるか分からないから、具合が悪くなったとでも言付ければいいかな？」

「無難でしょう。その辺にいる侍女か従僕でも捕まえて事情を話しましょう。ついでに、クロード様にも伝えてもらいましょうか。馬車2台で来ましたから、クロード様と合流できなかったら先に戻ってもいいですし」

ミシェルは手際よく近くを通りかかった従僕を捕まえて、伯爵夫人への伝言を言付け、旦那様の居場所を聞いている。ミシェルの姿を横目に、わたしはロザリモンド嬢へ向き直り、謝罪した。

「せっかくのお茶会なのに、申し訳ありません。早々と帰ることになりそうで」

「別にいいんですのよ。その目的は達成されたのですから、嫌な場所に居続けることはありません」

嫌な場所ではなかったんだけどなぁ。

だけど、この敷地内にベルディゴ伯爵家の関係者がいると思うと即座に帰りたいと思うくらいくらいには、嫌な場所に変わってしまった。

「わたくしも実家とはいろいろありましたが、何も知らない他人から口を出されるのは気持ちがよいものではありません」

きっぱりと言い切ったロザリモンド嬢。

そうだよなぁ、わたしの家族もたいがいだけど、彼女の家はもっと非道だと思う。ミシェルもミシェルであれだし、なんか家族にいい思い出なくない？　わたしたち。ミシェルは一応味方になってくれる人がいたけど、ちょっと生まれがあれだしね。

旦那様は父親が微妙だけど、先々代の公爵様である旦那様のおじい様はいい人らしいからそれなりにいい思い出があるみたいなのは、ちょっとうらやましいかも。

わたしだって母親が亡くなるまでは幸せな子供時代を過ごしていたとは思うけど。そのあとがちょっとね。

ラグナートがいなかったら、確実に終わってた気がする。いろんな意味で。

「なんのお話ですか？」

従僕を捕まえて事情を説明していたミシェルが、わたしとロザリモンド嬢の話に入ってくる。

「うーん、お互い家族に恵まれませんねって話」

「ああ……」

ミシェルが苦笑した。何を2人で話していたか察したようだ。

「ところで、ここで待ってた方がいいの？」

「いえ、クロード様には馬車の方で待つと伝えてもらいましたので、移動しましょう。クロード様の用事が済んでも済んでいなくても帰るんですから、そちらの方が気が休まりますし」

気が休まるというか、絶対に会いたくない人に会わない安心感というのかな？　とにかくその方がありがたい。

ミシェルが歩き出すと、正面から厳格そうなご婦人が背筋正しくやってきた。

どこかで見たことあるなぁと思っていると、向こうが軽く会釈してくる。すれ違いざまで目が合ったのでわたしも軽く頭を下げると、ぎろりと鋭く返された。

あ、あれ？　何かしたかな？　と思っていると、どうやらその視線はわたしではなくミシェルの方へと飛んでいた。

知り合いかなと考えながら様子を見ていたけど、向こうもミシェルもお互い何も言わずに離れていく。

姿が見えなくなると、ミシェルが一瞬振り返った。

「変な汗かきましたよ」

「知り合い？」

「知り合いというか、アンドレット侯爵夫人です。一応書類上の母親で、血縁上の祖母です。そろそろ次代交代の頃だから、こういう場には兄の嫁が来たりするんですけど。まさか広い庭園でばったり会うとは思いませんでした」

どうやら苦手らしい。

ミシェルにとってみれば頭が上がらない人物の一人で、厳格そうだと思っていたら本当に厳格なお人だとのこと。礼儀作法にはうるさいので、その辺は厳しくしつけられたとか。

既に家を出て男に戻ると言っていたのにもかかわらず女装していたのだから、何を思われたのか分からない。

まさか女装趣味を見咎(とが)められたとか？

「いやー、別に他人の趣味にあれやこれやと口を挟む人ではないですけど、リーシャ様と一緒にいるのにみっともない格好をするなということでしょうね、今のは」

「似合ってるから、よくない？　それに女性が主体のお茶会に男の姿で参加する方がやりにくくない？」

「そう思ってくれるのならいいんですけど、半分くらいは楽しんで着ていることがバレると不真面目だと怒られそうです。実際、今そういう雰囲気になってましたけど、リーシャ様がいたので助かりました」

一応わたしの護衛だから、声もかけずに立ち去ってくれたと。

盾にされました。わたしが旦那様を盾にしたように。ちょっと違うけど。

「会いに来たんでしょうか？　わたくしにはそのように見えました」

その答えは誰も持っていないけど、おそらくそうなんだろうな。

元気でやっているか、姿を見たかったのかもしれない。そう考えると、ミシェルも少しは恵まれているのかなと思う。

こうして心配してくれている家族がいるからね。

「行きましょう」

ロザリモンド嬢の言葉に照れ隠しのように笑ったミシェルは、わたしとロザリモンド嬢を促した。


「あれ、クロード様？」

3人で話しながら馬車が待つ場所まで来ると、ちょうど旦那様が待っていた。一番初めにミシェルが旦那様の姿に気付き、不思議そうにその姿を見ている。

「どうしてこちらに？　従僕に途中で会いましたか？」

「会ったな。そこでお前からの伝言を聞いた。あとを追うよりも、こちらに直接来た方が早いと判断しただけだ」

ミシェルが納得するように頷く。

「お邪魔ではなかったですか？」

「ちょうど伯爵との話は終わって、リーシャを探していたところだったから問題ない」

「わたしを探していた？」

「どうせ聞きたいことだけ聞いたら早々と帰るだろうと思っていたから、そろそろいい時間だと思ってな」

さすが旦那様。わたしのことをよく分かっていらっしゃる。

予定外の出来事が起きたので帰ろうということになったけど、もともと話を聞いて挨拶したらさっさと帰宅する予定だった。

なにせ、社交は面倒くさい。しなくていいならしたくない。

もちろん友達作りはした方がいいけど、今日の目的は友達作りではないので、それは後日だ。

「そういえば、アンドレット侯爵夫人を見かけたが、何か話したか？　遠目に見かけた程度だが、あまり機嫌がいいようには見えなかったが」

ミシェルは扇を手で弄(もてあそ)びながら、視線を逸らせた。

「話はしてませんよ。すれ違っただけです。その時リーシャ様と歩いているところだったので説教は遠慮してくださったみたいですけど」

「なるほど？　その格好について何か言いたかったようだな」

男に戻ると言って公爵家の保護下に入ったというか、騎士として雇われたのに、女装してお茶会を楽しんでいる姿を見られたら、物申したくなるよねって話だ。

一応ミシェルを庇(かば)うなら、男の姿よりも女装の方が近くで護衛もしやすいっていうのは本当だ。だけど、ミシェル自身仕事中に半分遊び気分で楽しんでいたのは否定できないだろうから、アンドレット侯爵夫人とは話をしたくないだろうね。

「ミシェル、久しぶりに会ったんだろう？　せっかくだから少し話してきてもいいぞ？」

「それは別にいいですよ、クロード様。気を遣っていただき、ありがとうございます」

「命令だ、挨拶に行ってこい」

満面の笑みでミシェルが返すと、意地の悪そうな顔で再度促す。しかも今度はしっかりと命令付きだ。

いやぁ、ミシェル、絶対行きたくないって思ってたの分かって言ってるだろうなぁ。可哀相に。

「ほら、もうお帰りになりますし、待たせるのも申し訳ないですから」

「馬車は2台。1台はお前のために残しておいてやる。ロザリモンド、同じ馬車でいいな？」

「ええ、もちろんですわ。せっかく会えたご親族の方ですもの。たまにはゆっくり話でもされたらいかがでしょうか？」

ロザリモンド嬢は、果たしてどちらの味方なのでしょうかね？　ミシェルのためを思って善意で言っているのか、はたまた旦那様の味方となっているのか。

この人に、空気読んでって言葉は通じない。

自分の思ったことを口に出す自由な人だから。そう考えれば、善意の言葉なんだろうなぁ。

さっき侯爵夫人とすれ違った時も、ミシェルに会いに来たのではないかと言っていたし。

掴み切れないところがあるから時には相手への嫌がらせの行動に思えてしまうけど、自分がされて嫌なことは絶対にしないというのは一貫してると思う。

ただし、その嫌なことには、どれが入るのか分からないだけで。

結局ミシェルは嫌々ながら、踵(きびす)を返して戻っていく。

待っててあげるから！　と声をかけると、ミシェルは力なく笑って、はぁとため息をついた。

珍しいミシェルの態度に、大丈夫かなと心配になる。

「死にそうな顔でしたけど、大丈夫でしょうか？」

「たまにはしっかり叱(しか)られた方が奴のためだろう」

はっと口の端で笑う旦那様は、ロザリモンド嬢とは違って絶対に善意での勧めではなく、ミシェルに対する嫌がらせの一環だろうなと思ってしまった。

一体、何があったのだろうか。この2人の間に。

でも、雇い主という立場は強力なので、結局最後はミシェルが負ける。

「ほどほどにしてあげてくださいね」

「あの愉快犯には、たまにはいい薬だ」

やっぱり何かあったのかな？　なんか棘（とげ）がありますけど。

「ところで、クロード様は伯爵様とどんなお話があったのですか？」

ロザリモンド嬢が話を変えるように、旦那様に質問する。

旦那様は、じっとわたしを見下ろした。

「え？　わたしに何か？」

「いや、釘を刺しておいただけだ」

「釘ですか？」

「そう、余計なことには首を突っ込むなと。まあ、聞くかどうかは分からないが、少なくとも伯爵は自ら争いごとに突き進む気はないようだ」

「一体、なんのお話ですか？」

ロザリモンド嬢もなんの話か分からず、首を傾げた。

もちろん、わたしも分からない。

一体なんのことか聞こうとすると、先に旦那様がふいに顔を上げ面倒そうに眉を寄せた。

「どうやら、一足遅かったらしいがな」

「えっ？」

ぼそりと呟く旦那様が、わたしの腕をぐっと引く。

「きゃ！」

軽い力ではあったけど急なことで驚き、短い悲鳴がわたしの口から漏れた。あまりにも予想外の動作に、腕を引かれたわたしは転びそうになる。

わたしの腕を引いた旦那様は一歩前に出て、わたしを自分の背の後ろに隠すようにして立つ。

「ちょ、ちょっと、いきなりなんですか！」

旦那様に抗議するように睨むと、旦那様は視線だけ動かしてわたしに命令した。

「静かにしてろ」

ムッとしながらも、視界に映る旦那様の横顔を見上げると、旦那様はまっすぐ視界の先に何かを捉えている。

感情が削ぎ落されたように無表情だ。

「お知り合いですか？」

　ロザリモンド嬢が旦那様に尋ねる。

　誰かがいるようだけど、旦那様の背に隠れるようにしているわたしは見えない。若干見えているのは旦那様の横顔だけだけど、あまりいい雰囲気ではないことは分かる。

「知り合いと言えばそうかもな」

　知り合いじゃないと言えば、それも正しいと？　一体どっちなんですか、旦那様。

「目を輝かせておりますよ、あちらのお方。わたくし、今晩まれませんでした？」

「さぁな」

　いや、あの。２人で分かり合っていないで、わたしにも教えてほしいんですけど。特に旦那様、お知り合いのようですけど？

「ミシェルを待つんじゃなかったな。さっさと帰るべきだった」

「そんなに厄介なお方なのですか？　わたくしにはそう見えませんけど」

「話の通じない相手というのは、厄介以外の何物でもない」

　それ、ロザリモンド嬢を皮肉っているんでしょうか、旦那様。

「あら、近づいてまいりますけど、やはりお知り合いなのですか？」

「たとえ私が知らなくても相手が私を知っていることはよくある」

　それはそうでしょうね。その特徴的な深紅の髪と深紅の瞳を、この国で知らない人はいない。

それこそ、貴族以外の国民だって知っているし、なんなら国外の人だって知ってる人は大勢いる。

そうこうしているうちに、コツコツと足取り軽いヒールの音が耳に入った。

相手が女性だということは、ロザリモンド嬢の言葉で分かったけど、一体誰だろうと思っていると、相手の第一声にわたしは肩がびくりと震えた。

先ほどの突然の旦那様の行動の意味を理解して、心の中でそっと感謝する。

「お久しぶりでございます、クロード様！　このようなところでお会いできるなんて、わたくしとクロード様はきっと素晴らしいご縁があるんですわ！」

その声は、この中の誰よりも聞き覚えのある声で、最も会いたくない人物。

わたしは思わず旦那様の背に縋りつくように手で服を握る。旦那様は分かっているとでも言うように、わたしを背に庇ったまま冷たく言葉を放った。

「久しぶりだな、ベルディゴ伯爵令嬢」

旦那様と言葉を交わしている相手。

それは、わたしの異母姉であるアグネストだった。

最悪！　伯爵夫人が招いてるみたいなこと言ってたけど、まさか帰り際に会うなんてどれだけ運がないのよ！

自分の運のなさを嘆きながら、旦那様が庇ってくれていることを嬉しく思った。

先に気付いた旦那様が姉に会わないように、わたしを隠してくれたのだ。

こういう時、体格のよい旦那様はとっても頼りになる盾役だね。

「クロード様、本当にこのようなところでお会いできるなんて。きっと神様がわたくしを導いてくれたんですわ」

馴れ馴れしくも旦那様のことを名前で呼び、縋りつくような声音。

きっと潤んだ目で旦那様を見上げているに違いない。姉のやり口はよく分かっているけど、言っておく。

それ、旦那様には効かないって知ってるよね？　わたしに求婚に来た旦那様に散々無視されたのに、凝りてないって逆にすごくない？　しかも、旦那様は聞いてるわたしがゾッとするくらい冷たい返しだったのに、それでもまだ縋りついてくるって鋼の心臓だわ。感心するよ。

ここにミシェルもいたら、きっと同じことを思っていそうだ。

「ベルディゴ伯爵令嬢、それ以上近づかないでくれないか？」

「なぜそのように他人行儀なんですか？　わたくしたちは親族になったのですから、もっとお互いを思いやって――」

「クロード様、こちらはどなたでしょうか？」

姉の言葉をぶった切るように、ロザリモンド嬢がにこやかに聞く。姉の顔は見えないのに、どうしてだか想像できるのが嫌だ。そして、その想像はきっと間違っていない。

ああ、これが長年共に暮らした家族というものかと嘆きたくなった。

きっと、話を遮ったロザリモンド嬢を睨みつけるようにしていることだろう。

「あら、あなたこそどちらの方なの？　クロード様とわたくしの会話を遮るなど、教育が行き届いていないようですのね」

とげとげしい声だ。男に縋りつくような声音はどこいった？

旦那様は姉の発言に対し、ロザリモンド嬢を紹介した。

「又従妹（またいとこ）だ。南の領地の領主一族だが、それが何か？」

「あら、まあ！　ご親族様でいらっしゃったの？　妹が急に結婚するなどと言うから、お互いの親族同士で交流を深めることもできずじまいだったものですから……。本当に、どうしようもない妹で恥ずかしいです。突然の結婚が家族にとってどれほど負担だったか、少しは配慮してほしいものですわ。きっとクロード様もお困りでしょう？」

いやいやいや、あなたは知らないかもしれませんけどね、突然の結婚を言い出したのは旦那様の方で、わたしはそれに従っただけ。一応、結婚の日取りに関しては了承しましたけど。

それに配慮したって意味ないでしょうに。

そもそも家族を呼ばなかった旦那様はわたし以上に家族に配慮していないってことだけど、旦那様を非難してるって分かってます？

なんかいろいろ突っ込みたいけど、わたしはひたすら沈黙する。

その間、ロザリモンド嬢が応酬していた。

「あら、わたくしは別に親交を深めなくてもよろしくてよ。クロード様とは親族とは言っても、赤の他人。わたくし、付き合う方は自分で決めたいので」

暗にどころか、直球であなたとは親しくなりたくないって言ってるロザリモンド嬢。

さて、姉はどんな反応を返すのか……。

はっきり拒絶されたけど、ロザリモンド嬢は旦那様の血の繋がった親戚で又従妹。さすがに、口汚く罵るようなことはしないだろう。

うん、しないといいな。だって、旦那様もいるし。

それに、いつもの姉ならきっと男に救いを求めそうだ。自分は悪くないとウソ泣きをしながら、媚(こ)びる。ここにいるのは旦那様だけで、このお方に散々すげなくされているのだから諦めるかな、とちょっとだけ思った。でも、ちょっとだけってところがポイント。

やはり、姉は姉だった。

「な、なぜそのようなことをおっしゃるのですか？　わたくしとて公爵家の一員。ご自身が血族だからと言って、新しい公爵家の一員を排除するようなことは公爵家にとってとてもよくないことだと思いますのに。ねえ、クロード様もそうお思いになられるでしょう？」

あ、公爵家の一員って言い切った。

基本的に、貴族家の一員というのは血の繋がった家族を言う。つまり、わたしが旦那様の子供を産んで、その子がリンドベルド公爵家を継げばベルディゴ伯爵家もリンドベルド公爵家の一員というか一族と言えるけど、現段階でははっきりと言えることではない。

普通は、結婚したらいつかは子供が産まれて血の繋がりで一員になるので、大々的に言っても問題ないけど、旦那様にとってみれば、わたしの家族がそうやって言いふらしているのは迷惑でしかないと思う。

あまりいい家族とは言えないからね。それは求婚の打診に来た時に分かっていたことだと思うけど、おそらく家族だと認めたくないんだと思う。

むしろ親族だとすり寄ってこられても、わたしが関与しない限りベルディゴ伯爵家のことは切り捨てる対象だと思う。もう既に領地の悪評が広まってるし、リンドベルド公爵家もそれに巻き込まれたくないはず。

わたしだって、もうベルディゴ伯爵家に関わりたくない。

「まあ、わたくし、驚きましたわ。いつからこのような非常識な女性がリンドベルド公爵家の一員となったのでしょうか？　クロード様、リーシャ様との間にお子ができになられていたんですか？」

「それこそ、あり得ん」

閨を共にしたこともないのに、できるか！　ロザリモンド嬢も知ってるでしょう!?

でも、旦那様の子供ができるなんてあり得ないの言葉に、姉が反応した。

「まあ！　リーシャとは夜を共にされていないんですね？　でも分かりますわ。あのような身なりではクロード様だって……ねぇ？」

含みを持たせて姉が言う。

うん、なんか外野から言われると若干思うところがあるのは、なんでだろうね。姉から容姿に関して言われても気にしたことはなかったのに、今はもやもやする。

「わたくしはあなたよりも、リーシャ様の方がよっぽど美人だと思いましてよ？」

お褒めいただきありがとうございます、ロザリモンド嬢。

だけど収拾がつかなくなりそうだから、そろそろ姉に言い返すのやめてほしいなぁ。

「クロード様はどう思います？」

そして、どうしてそこで旦那様に振るんですか、ロザリモンド嬢。やめて、どう答えるのか気になるけど、どう言われても気まずそうなんだけど！

今のわたしはこの危険な会話を止める手立てもなく、ただ聞くことしかできない。

ロザリモンド嬢の質問に対し、旦那様の口もとが意地悪そうに上向いたのなら冗談に取れるのに、旦那様はなぜかいたって真面目にロザリモンド嬢に答えた。

「美人だな。私の好み通りの姿だ。だが、姿だけでなく性格も好きだ。言葉の応酬も好きだし、好きなことをしている姿は微笑ましいとも思う。怒っている時の顔も好ましいし、笑っている姿は抱きしめたいほど愛おしい」

「あら、リーシャ様は愛されていますのね」

いや、うん！　赤くなんてなってないし!?　きっといつもの意地悪でしょう？　知ってるし！

内心あわあわしながら、旦那様の言葉を否定する。だけど完全に否定もできずに旦那様の言葉が脳裏をめぐった。

なんか、冗談でもすごく恥ずかしい！　いつもの旦那様の調子なら、こんな気持ちにならないのに!!

これ、わたしはあとでどんな顔して旦那様と向き合えばいいんだろう。

頭を抱えたい気持ちになって、ただ俯くしかできなかった。

「ま、まぁ！　リーシャのことをそのように庇うなんて、おやさしいんですね」

「庇ってはいない。これが本心だ」

あー、少し聞きたい。

世の男性はみんな、こんなにむず痒(かゆ)いセリフ吐いたりするんでしょうか？　というか、旦那様は絶対そんなタイプじゃないでしょうに。なにせ、女性に対して冷淡な人だっていうのは有名だし。

「でも、そんなおやさしいお方なら、きっとリーシャの家族であるわたくしたちの現状も憂いてくださると信じていますわ」

姉の言葉を聞いた途端、先ほどまで熱かった頬が冷めていくのが分かった。同時に動揺していた気持ちも落ち着いていく。

「聞いてくださいませ。わたくしの実家は、リーシャのせいで現在とても苦境に立たされております」

それを旦那様の背の後ろで聞いていたわたしは、言いたいことがいろいろあった。

リンドベルド公爵家とベルディゴ伯爵家は一応姻戚関係だけど、自分の家の現状――特に恥となるべきことを外で堂々と口にするのは、いかがなものかと。

「社交界ではリーシャの結婚のせいで、わたくしたちは嘲笑されていますのよ。それもこれも、リーシャが恥知らずにもクロード様を脅したからだと言われております」

そんな噂が流れてるって初めて知った。

そもそも、なぜ社交界の話に？　てっきり領地の現状を憂いているのだと思ったのに。

「わたくしたちが違うと否定しても、誰も信じてくれませんわ。おかげでわたくしたちはクロード様を脅し無理矢理妻の座に収まった女の家族として、最近では冷たくあしらわれて……。おかげで融資も断られ、領地も大変な状態で」

ああ、そういうことか。社交界での地位が危なくなって、融資を断られて領地が苦境に立たされているってことね。よくも悪くも、評判というのは、お金を貸す方にとってみたら大事なことだ。

貴族だからと軽々しくお金を貸すところはそうそうない。信用がなければ、誰も貸さないのは当然だ。もちろん、担保にできるものがあれば別だけど。

そもそも、融資を断られているのは本当だと思うけど、それがわたしのせいと言われても納得できない。

脅して妻の座についたと言っても、普通に考えればそれこそあり得ないとすぐに分かりそうなものだし。

一番の原因はほとんどの人が気付いていると思う。だからこそ、距離を取られ始めている。

「私がきちんと求婚に行ったことを忘れているのか？　もし仮にリーシャに弱みを握られているのなら結婚前になんとかするだろうな。少なくとも、大金を支払ってまで結婚はしない。一体いくらかかったと思っている」

最後はため息交じりだ。

わたしもその大金の金額ちょっと聞きたい。どれくらいお金を出せば、儀式全部すっ飛ばして結婚できるようになるのかを。

「ですが、今考えれば少しおかしいとも思うのです。とにかく、わたくしは事実確認をリーシャにしたかったんです。今日ここに来たのは、リーシャと話し合うためで……」

「他人の力を借りなければ話もできない家族関係というのは、話し合いも平行線を迎えそうですわね」

一々突っかかるロザリモンド嬢は、自分の家族のことを思い出しているのかもしれない。

彼女もまたあまり仲のよい家族とは言えないしね。姉の言い分に何か思うところがありそうだ。

ベルディゴ伯爵家とわたしの関係については説明済みだし、会いたくないと思うわたしの気持ちも分かってくれていた。

「関係のない方は黙っていてくださる?」

「失礼いたしましたわ。確かに、関係ないと言えばその通りですね」

ロザリモンド嬢が、あっさりと引く。

すると、正義は我にありと思っているような姉の声がわたしの耳に再び入ってきた。

「結婚前から、リーシャの行いは有名でした。クロード様もご存じではありませんか？　これでは、リーシャと結婚したのはあまりよくない事情がおありだったと疑いたくもなります。例えば弱みを握られているとか……、クロード様は否定しておられますけど、火のないところに煙は立たないと申しますし……」

お姉様？　ちょっと本気でそんなこと考えているんですか？　この人が他人に弱みを握られるとでも思っているんですか？　そんなことになったら人知れず消されそうですよ。

確かにわたしと旦那様の結婚は、おかしな噂が出回っていると思う。結婚のけの字も考えていなさそうだった旦那様が、超スピード結婚したら面白おかしく言われるのは仕方がない。

一番あり得そうなのが、弱みを握られているというのも納得するけど、でもねぇ？

「クロード様もおっしゃっていたではありませんか。子供ができるはずないと。それは、そのうち離婚することを考えているんですよね？　ですから、クロード様から離婚を伝えられる前に、自分の行いを悔い改め、自ら公爵夫人の座から降りるのがリーシャのためだとわたくしは思うのです。自分から申し出れば、社交界でも少しは見直されると思いますの」

つまり、離婚して家に戻ってこいってこと？　それで全てをまたわたしに押し付けるってこと？　それが今日話したかったことなの？

聞けば聞くほど、相手の身勝手さに拳に力が入っていく。

「リーシャが正しい行いをすれば、きっと融資をしてくださる方がいらっしゃいます。今、こうして大変な思いをしているのは、全てリーシャのせいなんですから」

これは想像でしかないけど、もしわたしが離婚でもしたら本格的にベルディゴ伯爵家は社交界で見放されると思う。

今こうして姉に力を貸している人も、わたしが公爵夫人だからだ。

ベルディゴ伯爵家とほとんど関わりがないと言っても、万が一ということも考えられる。もしかしたら、ベルディゴ伯爵家を助ければリンドベルド公爵家と関わり合いになれるかもしれないと。

きっと、それを伝えても聞いてくれないんだろうけど。

実家に期待はしていないけど、結婚してもまだしがらみから完全に抜け出すことができていない。

「なるほど、離婚して家に連れ戻すというのが本題か？　それともそれは建前で、金を援助しろというのが本音か？　どちらでもいいが、私から離婚を切り出すことはない。それから、リンドベルド公爵家としてベルディゴ伯爵家に援助の類は一切しない」

ここまで言ったのなら、さすがに姉にも伝わっただろう。

「これ以上不愉快な言葉を重ねる前に、馬車に乗った方が賢明だと思いますわよ？　クロード様は本当にリーシャ様のことがお好きなのですから、悪し様に言っていい結果になるとは思いませんわ」

「悪し様ではなく、わたくしはクロード様に真実を――」

「察しが悪いのは母親似だからと思ったが、ベルディゴ伯爵に似ているせいもあったようだ」

話しかけるなオーラを醸し出しているのに、それに気付かないのはどうなんだろうか。

察しが悪いというのは、社交界で生きてくうえで不利だろうに。まあ、影響力の強いお方に取り入って守ってもらうということがある程度できているのだから、問題ないのかもしれないけど。少なくとも、この家の伯爵夫人には同情を誘えていた。

それもこれも、いつまで続くか分からないけど。

「クロード様！　きちんとリーシャのことを見てください！」

「何度も言うが、名前で呼ばないでくれ。親しい仲だと誤解されたくない。それから、リーシャのことは自分の目で見てある程度分かっているつもりだ。少なくとも、姉でありながら、リーシャの心配どころか悪評を結婚相手に伝えるような人間よりは、彼女のことを理解している」

理解するつもりがない姉と、理解しようと努めている旦那様。

わたしから見ても、旦那様は努力していると思う。最近は少し信用してもいいかなぁって思うくらいには、わたしのことを考えてくれているし理解してくれている。

最近は、それが嬉しいような気恥しいような気持ちになっているけど、絶対旦那様にはそのことは言わない。

さて、本来なら旦那様には立ち去る口実がある。

馬車が待っていて、もう帰宅するっていうのは誰が見て分かるし、忙しいとか予定があるとか言い訳して逃げ出すことはいくらでも可能だった。

それができないのは、ひとえにわたしが旦那様の背に隠れているから。

動けば姉にバレてしまう。

そのせいで、旦那様は望まない会話を延々と聞かされ、相手をせざるを得なくなっていた。

途中ロザリモンド嬢が、帰ってはいかが？　と口を挟んだけど、全く相手には理解してもらえていない。そんな相手にはどうやって対応するのが一番なのか、それを教えてくれたのはミシェルだった。

ようやく待ち人来たるで、ミシェルが戻ってくると、彼は背に隠れるわたしと苛立たしそうにしている旦那様、それにロザリモンド嬢を順番に見たあとで、姉に視線を向けて眉を寄せた。

「あの、これは一体どういうことでしょうか？」

困惑しながらも、その目はきらりと輝き、何かよからぬことでも考えていそうだ。

しばらくその状況を眺め、自分なりに納得したのか、にっこりと微笑み、顔の横でぽんと両手を叩き、首を傾げながら姉の前に進み出る。

「あら、もしかしてリーシャ様のお姉様ではございませんか？　わたくし、アンドレット家のミシェルと申します」

「アンドレット侯爵家の？」

「リーシャ様とは日頃から仲良くしていただいていまして――」

いっそ馴れ馴れしいくらいに、親しい知り合いかのような仕草で姉の腕に自分の腕を絡め、自然と旦那様から引き離していく。

「ちょ、ちょっと！　わたくしはまだ――」

「あら、もう馬車が来ているではありませんか？　もう少しお話ししてみたかったんですが、残念です。また後日ぜひお会いしましょう」

細く見えてもミシェルは男で、騎士としてかなり鍛えている。姉が抵抗してみせても、無理矢理馬車に乗せて見送った。

わたしは、ミシェルの手腕に思わず拍手したい気持ちだった。

乱暴ではないけど、かなり強引な力技で姉を旦那様から引きはがす手腕は、なぜかとても慣れていた。

「いやー、噂で聞いてはいましたけど、結構すごいですね。あれがリーシャ様の姉君かぁ……。遠目でしか見たことなかったですけど、すぐに誰だか分かりましたよ。ある意味目を引きますから、あの輝きは」

振り返るミシェルが感心したように笑う。

姉の指には宝石の指輪、首元のネックレスや耳飾りも同様に煌（きら）びやかなもので、太陽の光を浴びてキラキラどころか、ギラギラ輝いていた。

そんな姿で借金がどうのこうの言われても、正直真っ当な人なら話も聞かないと思う。

ミシェルはアンドレット侯爵家にいた頃、よく社交で姉を見かけていたらしく、その頃から知っているようだった。

とにかく、宝石の輝きがすごすぎてよく目に入ってきたんだとか。

もちろん、悪意ある嘲笑の的でもあったんだろうけど。

わたしはようやく旦那様の背から出てきて、ほっと息をついた。

「ミシェルって、いろんな意味ですごいって感心した」

「ああいう話聞かない系の扱いは得意かもしれませんね。皇女殿下も似たようなタイプだし。クロード様は苦手そうですね」

「苦手というか、嫌いなタイプだな」

「空気読めって感じですか？　分からなくはないけど、下手に相手する方が大変なので強引にでも話を終わらせた方がいいですよ。さっきのは、やむにやまれぬ事情がおありでしたんでしょうけど」

その輝かしい笑みはやめてほしいなと口元を引くつかせていると、ミシェルが近づいてきて耳元で囁いた。

「で？　クロード様に庇われていたリーシャ様は、もしかしてドキドキしたりしたんですか？頬がちょっと赤いですけど？」

「ミシェル、そこはそっとしておく方が正しいでしょう！」

こちらがこっそり睨みつけながら返すも、ミシェルには全く効いていない。

ミシェルはすぐに、逃げ出すようにするりと身体を離した。

「クロード様、そんなに睨まないでくださいよ」

「睨んでいない。少し距離が近いと思っただけだ」

「嫉妬は見苦しくてよ、クロード様」

ロザリモンド嬢もミシェルの肩を持つように微笑む。

旦那様はそんな2人が面倒くさくなったのか、無言で顔を背けた。

「さっさと帰るぞ。そもそも、お前を待っていたからこんなことになったんだ」

「えー、そんなことまで責任持てませんよ。それに、僕はクロード様の命令に従っただけだし。あと、一応この場を収めたでしょう？」

収めたというか、強制退場させたというか……。

どっちでもいいけど、一応ミシェルのおかげで助かったのは事実だ。

「一体何があったのかは想像しかできませんので、続きは馬車の中でロザリモンド様から聞きますよ」

「ええ、一部始終見聞きしていたわたくしが、きっちり説明して差し上げますわ」

いや、そこは簡潔にしておいてください。

特に旦那様の言った言葉に関しては、絶対ミシェルには話さないで！

◆◇◆◇◆

「大丈夫か？」

馬車の中で2人きりになり、旦那様が尋ねてきた。

姉と直接的には対峙していないけど、声を聞いて、その要求を知ると疲れがどっと押し寄せた。

「旦那様のおかげで、今回はそこまで被害を受けませんでしたが、もし2人で話し合いになった場合、きっとさっさと離婚しろとか、金銭の援助の話になってたと思いますよ。実際、そんなこと言ってましたしね」

「結婚前の態度もそうだが、今なおリーシャを下に見ているんだな」

「姉にとってわたしは搾取(さくしゅ)すべき相手ですからね。そんな相手がこの国でも最上位クラスの旦那様と結婚するなんて、きっと彼女のプライドが許さないでしょう」

「あそこまで言えば、さすがに直接リーシャに要求することはないと思うが、ミシェルを側から放すなよ」

心配されてるなと少し嬉しくなる。こんな風に心配してくれる相手は、今までラグナートしかいなかったので新鮮な気分だ。

旦那様は背を座席にもたれさせ、深く座り腕を組む。

「君の様子から会わせない方がいいと思ったが、どうやら正解だったらしいな」

「ええ、まあ……。別に姉が怖いわけではないんですが、なんというか条件反射と言いますか、言い返すことができないんですよね」

「別に、会いたくないのなら逃げ回ってもいいさ。私も父に会いたくないから逃げているようなものだしな」

意外な真実に、わたしを励ましてくれているのかと思ったけど、その顔を見るとなんとなく本当のことなんだと思った。

「逃げているんですか？」

「責任取って戻ってこいと言わない時点で、逃げているようなものだと思っている。顔すら合わせたくないから、好き勝手に遊び回っていることに対し何も言わないしな。金の催促に関しても、好きなだけ渡している。向こうも、私と会えば何か言われると分かっているのか、結婚したと知っても何も言ってこない」

それは、また……。

どうやら、金だけ渡すから帰ってくるな、そういうことらしい。

「そのうち遊び飽きたら帰ってくるだろう」

金があるから好き勝手できているお義父様と、お金がないのに豪遊する我が家。

貴族がお金を使って経済を回すというのは理解できるけど、お金がない人がすることじゃないと思う。

旦那様は逃げてもいいと言ったけど、きっとこれで終わらないんだろうなということにすぐに思い至る。

なにせ、姉の結婚がかかっているらしいので。

きっと姉のお眼鏡にかなわない、下級貴族とか商人とかが借金のカタに結婚を迫っているんだろうなって、どうでもいいことを考え、絶対にミシェルを側に置いておこうと決めた。

「そのにやにや顔、やめてくれない？」

わたしは、数日前から続く鬱陶(うっとう)しい顔を睨みつけた。

「にやにやじゃなくて、にこにこですよ、リーシャ様。僕、いつもこんな感じでしょう？」

そう返すのは、わたしが睨みつけている相手であるミシェル。

ミシェルは常に笑みを浮かべてはいるし、楽しそうにしている顔が多いけど、今はそれが何か含みを帯びている。

気のせいだと思いたくても、思えないその笑みは、きっと先日の出来事を面白おかしくロザリモンド嬢から聞いたからに違いない。

そう、あれは5日前のこと。

姉と遭遇し、旦那様に庇われていたあの時の出来事。

帰宅時には既に今みたいな顔つきになっていて、それが今なお持続中だ。

それなのに、特に何か言うこともないから余計にたちが悪い。

旦那様の方はミシェルのその態度に対しては完全無視。わたしばかり気にしているというのが現状だ。

もしかしたら、旦那様の方は無視というよりも、何も感じていないという方が正しいかもしれない。

「何か言いたいことがあるのなら、言ってくれた方がいいんですけど？」

気にしないようにしてたけど、気になるんだよね！

「えぇ？　あえて触れないようにしてたのは僕のやさしさですよ、リーシャ様。だって指摘したら、絶対リーシャ様がムキになりそうだしねぇ？」

あえて触れないようにしていた割には、わたしに触れてほしそうだったのはなぜでしょうね？　それに、わたしがムキになりそうってことは、つまりわたしがムキになって言い返しそうな内容ってことですね。よく分かりました。

その顔しばらく見せるなと言いたいところだけど、そうはいかない事情もあって、わたしの方もあえてミシェルに何も聞かず、椅子から立ち上がる。

「どちらへ？」

「旦那様の執務室」

書き物机の上にある書類を持ち上げてみせると、ミシェルが持ちましょうか？　と問いかけてきた。

　それを無視してわたしが歩き出すと、そのすぐ後ろから苦笑しながらミシェルがついてくる。

「ところでリーシャ様、その後お姉様からのお手紙はないんですか？　クロード様から結構なこと言われていましたけど、きっと懲りてないと思うんですが？」

　ここで無視するのは大人げないので、わたしは少し視線を後ろに向けて答えた。

「ないわ。もしかしたら、わたしに届くより前にラグナートあたりが処理してるかもしれないわね」

　旦那様がベルディゴ伯爵家からの手紙は全て処分するように言っている可能性がある。

　姻戚関係になったとは言っても、旦那様はベルディゴ伯爵家と真面目に付き合いたいとは思っていない。それは、旦那様が結婚を申し込みに来た時から感じていた。

　さすがにきちんと親戚として付き合いたいと思っていたら、あんな威圧的な態度はとらないと思う。いや、そう思いたい。

「クロード様ってやっぱり過保護ですねぇ」

　ミシェルがそう評して、笑う。

「別に過保護ってわけじゃ……」

「そうですか？　お友達作りの時にも思いましたけどね。だってクロード様って言ったら、他人に興味ないような人だし、人と関わるのはそれが義務だからってところあるし。少なくとも、奥様のために骨折るような人ではありませんでしたよ？」

「それはそうだけど……」

「それだけ大事にされてるってことでしょう？　リーシャ様だって、そろそろ分かってもいい頃だと思うけどなぁ」

自分が天の邪鬼(あまのじゃく)だとは思いたくないけど、なぜか素直に頷けない。

というか、結局ミシェルは言いたいこと言ってるし。

むっつりと黙り込むわたしに、やれやれといった感じのミシェルは、これ以上言っても逆効果だとでも言うように口を閉じた。

「……ミシェルは、旦那様が結婚当初にわたしにやったこと知ってるんだよね？」

「え？　ああ、まあだいたいは。クロード様は何も言わないけど、仲良くなると口が軽くなるクロード様の側近様がいるからねぇ」

ディエゴ……。

ミシェルは一応わたしにとっては第一の側近でもある。そのため、わたしと旦那様のことを知りたいと言えば、ディエゴは話しそうだ。

特に、結婚の件とか、エリーゼ関係のこととか。

「僕もはじめ話を聞いた時は、やりすぎだなぁとは思いましたよ。まさかアレ食べさせるなんて、逆にどうしたらそこまでの嫌がらせを思いつくかなって感心しました。エリーゼのことに関しても、クロード様ご自身でどうにかできる問題だったでしょうに」

「テストだって言ってたけど？」

「それもあったでしょうけど、嫌がらせに関してはやった方は軽く捉えがちですが、やられた方はたまったものではないですからね」

まともなミシェルの意見に、振り返る。

「リーシャ様が、今もまだクロード様に対して思うところがあったとしてもおかしくはないけど、僕の目から見たらそれだけじゃない気もするんですけどね？」

2人の始まりはまともとは言い難く、他者から見ればおかしな夫婦関係だと思う。

お互い毛嫌いして、しかも夫婦揃って愛人がいるような仮面夫婦とは違った、不思議な関係性。

わたしだって、旦那様が非道だけの人間じゃないのはもう分かっている。

なにせ、ラグナートの言葉に耳を傾けて、彼に手を貸していたのだから。

「クロード様もリーシャ様に関しては攻めあぐねているようにも見えますけど、まあそれがまた面白いんですよね」

「ミシェル、結局わたしと旦那様のこと面白がってるでしょう？」

「気のせいですよ！　僕は恋バナ大好きだけど、夫婦の関係に関しては専門外ですから、口は挟みません」

もう既に結構口を挟んでいる気がしますけど、それはどうなんでしょうね？

「ま、リーシャ様ももう少し素直になってもいいんじゃないかなぁ、とは思います。生まれ育った経験がそれを許さないのかもしれませんけど、一度きりの人生なんですから、ご実家のことは忘れて、少しクロード様に甘えてみるのもいいかなと」

「……ミシェル、口を挟まないんじゃなかったの？」

「これは夫婦関係に口を挟んでいるんじゃなくて、リーシャ様への助言ですから、全然違いますよ！」

そうですか、それはどうもありがとうございます。

でも、どうやって甘えたらいいのかなんてもう忘れちゃってるんで、ご期待に沿えないでしょうけど。

わたしは、再び前を向いて歩き出し、ミシェルは肩をすくめてついてきた。

旦那様の執務室の扉を叩く（たた）と、中から声がかかる。

ミシェルが扉を開けてくれて、わたしを先に中に入れてくれた。

その部屋の中には、旦那様とディエゴがいるはずだった。しかし、そこにいたのはその２人の他にもう一人。

「リーシャ、なんの用だ？」

「あの、ヴァンクーリの件でいろいろとまとめたんですけど……」

「ああ、こちらに」

一瞬だけわたしとミシェルを見るとすぐに書類に向かう旦那様は、手を差し出してきた。

静かに近寄ると、旦那様と先に話していた人物、ラグナートがいつも通りにわたしに微笑んだ。

「ラグナートは、何か報告？」

「そのようなものです」

曖昧(あいまい)な返答に眉を寄せつつ、わたしは手に持つ書類を旦那様に手渡した。

「今すぐ返事は必要か？」

「いえ、特別急いではいませんが、早めにご意見いただけるとありがたいです」

なにせ、公爵領に住み着いているヴァンクーリたちは今が一番脂(あぶら)が――ではなく、上質な毛を刈ることができるようですので。

少しでも早くいろいろ準備したいところだ。

少なくとも、専門の人間は隣国から呼び寄せた方がいいとは思っている。

ただ、隣国の専門業者がこちらに来てくれるかは分からないけど。なにせ、向こうは国家事業。いろいろ独自の研究結果があるだろうし、技術の漏洩はしたくないでしょうしね。

「それなら、今は時間あるか？」

顔を上げ、下から見上げる旦那様に、なんだろうと首を傾げた。

「ええ、まあ。時間があるといえばありますけど？」

「少し話がしたい。別に聞きたくなければ構わないが、ベルディゴ伯爵家のことだ」

「……この間、結論は出ませんでしたっけ？　そのように姉にも伝えていたように思えますけど」

「その通りだが、あちらの状況が思っていた以上によくない。よくないことは分かっていたが、これほどとはと思うほどだ」

「わたしは別にその事実に驚きませんけど？　姉が身売りしなくちゃいけない状況だっていうのは分かりましたし、そうなったのならきっと本当にまずい状況なんだろうなとは思います」

望まない結婚って言ってたし、相手は姉にとっては眼中にないような存在なんだろうなと思う。特に見た目に関しては。

身売りの状況ってことは、きっと相手にお金はかなりあるはず。普通だったら喜ぶことだろうけど、喜べないのなら外見が気に入らない、というのが大きいと思う。

　女性を装飾品のように扱う男性がいるけど、女性にだって男性の見た目を重視するような人は存在している。

　その一人が姉なんだけど。

「一応聞いておくが、どれほどまずい状況だと思う？」

「皇帝陛下に領地を返すレベルでしょうか？」

　わたしがさらりと答えると、旦那様は一瞬目を見開き、次にくくっと低く笑う。

「なるほど。自分の実家のことはよく分かっているということか」

「正確には、自分の実家の人たちですけどね」

「ラグナートも同じことを言ってたな」

　わたしの隣で話を聞いているラグナートは、頭を軽く下げる。

「同じく苦楽を共にしてきましたので」

「ラグナートでも、あの生活を苦と捉えるんだね。わたしは初めて知ったけど？」

　絶対そんなことを思っていなさそうな顔のラグナートを、軽く睨む。

　苦楽を共にというのなら、ぜひあの激マズ粥（がゆ）を一週間三食食べてほしいところだ。

　あれは栄養価だけは高いし、粥だから食べやすいし、高齢のラグナートにはぴったりなんじやない？　と若干思わなくもない。

「とりあえず、最悪なところまで行っているという認識ではあったのか」

「むしろそれ以外考えられないと言いますか、どう思うラグナート？」

「私としましては、よくこの数カ月を持ちこたえたなといったところでしょうか」

「主従揃ってベルディゴ伯爵家の財政に関して誰よりも詳しいな。当然だろうが」

「本当のところは、どうなんですか？」

「まずまず正解と言ったところか」

旦那様から正解だと言われ、やはりな、という思いだ。

領地は皇帝陛下から与えられるもので、売ることはできない。唯一現金化することができるのが、皇帝陛下に与えられた領地を返す時だ。

その土地の税収から換算して、一部を生涯年金として受け取ることができるようになる。

普通は不名誉なことなので、土地を皇帝陛下に返すなんてしない。それに、返すよりも全ての税収を受け取れる領主でいた方が絶対的に生涯の受け取り金額が上だ。

なにせ、国に返せば一部しかもらえないのだから。

しかし、代わりに一番の特典が、家の借金も国が肩代わりしてくれるという点だ。

領地を返納してくれるということは、長い目で見れば黒字になるのでそれぐらいならするよ、ということらしい。それに、褒賞として与えることもできるしね。

領地持ちの貴族と言っても、上と下とで天と地ほどに違いがある。

その一つが人材だ。

人材がいなければ何もできない。そして弱小貴族に付き従う国民はいないし、領地を持っているだけで赤字になる、なんてこともあった。

人がいなければ領地なんて金のかかる持ち物でしかない。

領主には最低限納めなければならない税金というものがあるので、税収がゼロだからといって免除はされないのだ。

「ここ百年くらいはなかったはずですよね？　きっとベルディゴ伯爵家もそれだけは避けたいでしょうけど……」

「借金による領地の返還など、笑いものにしてくれといっているようなものだからな。社交界はほぼ追放だな」

「むしろ、領地がなくなったらただ伯爵家の称号だけが残りますけど、それも返還することになるでしょうね」

貴族は優雅でうらやましいと言われているが、そうでもない。

貴族の称号に関しても、代替わりの瞬間に一定の金額を支払わなければならないのだ。つまり、貴族であるためにはとにかくお金がかかる。

「代替わりの税を支払うこともできないでしょう、アグネスト様が融資してくださる方を見つけない限りは」

「無理でしょう？　だって称号って言っても領地を返還したら地に落ちる評判のものでしかないし、悪評高い伯爵家にお金を出す酔狂な人間なんていないでしょう。見込めるものは何一つないじゃない」

「領地を返還する前に、結婚すれば問題はないな」

「領地を国に返すほどの借金なんて、支払いたいと思う人がいるでしょうか？　これで土地がよければそれなりにはいるでしょうけど、北部はあまり税収がよくない傾向にありますし。特にベルディゴ伯爵領なんて、どこにあるのその領地って思われても不思議じゃないくらいに田舎ですよ」

田舎だけど、それでもわたしにとっては生まれ故郷でもある。

代々守ってきた土地なのだから、本当のところは行く末に全く興味がないとは言えない。領民にもいろいろ言われたけど、彼らだって被害者だと思えば、許せないわけじゃなかった。

「でも、正直このまま実家の人たちの手で苦しめられるくらいなら、返した方が領民にとってはいいのかなと思います」

皇族の直轄地になるのだから、今より悪くなることはないと思う。

何かしらの手が入るだろうし、借金返済のために領地財政は黒字にしなければいけないのだから、任される役人は必死にやるはずだ。

「ベルディゴ伯爵家は、当然それだけは回避したいがために動いている。まあ、どれだけ切羽詰まった状況か分かっているのならいい。ただ、そうでないのなら知っておいた方がいいかと思って話した」

「もしかして、ラグナートがここにいるのはその件ですか？」

ベルディゴ伯爵家の現状を調べてもらっていたのではないかと視線を向ければ、旦那様は肩をすくめた。

「ベルディゴ伯爵家のことを少し調べてもらおうと思ったが――存外に詳しく知っていた」

主人の考えを読み取って動くことが執事としての役割、というには少しできすぎている。

はじめから全て知っていたと考えた方がいい。

わたしと旦那様の視線を受けたラグナートは、何食わぬ顔でいつもの笑みを浮かべていた。

そしてラグナートから語られたベルディゴ伯爵家の現状というのは、想像通りとでも言おうか。

領地を返せば、借金はなくなるけど社交界で生きてはいけないし、そもそも生活だって慎ましいものになる。

贅沢（ぜいたく）に慣れきった実家の面々にしてみれば、我慢できるはずがない。

それが分かっているから、今必死なんだろうけど。その必死さを少しは領地へ向けてほしいなと思っていると、珍しくディエゴが質問してきた。

「そういえば、領地が売れないのに、領地を担保に借金する人がいますけど、あれってどういう仕組みなんですか？」

その問いに答えたのは、ミシェルだった。

「正確には領地を担保というよりも、領地の税収を担保に借金してるんですよ。前年度はこれだけの収益がありました。だから、これだけは保証して返せますってね。収益は一概に前の年とイコールで結べませんけど参考にはなりますね」

「きちんとしているところなら、前年だけでなくここ数年の動向も把握してるな。正確な税収は分からないだろうが、おおよそは見当がついているだろう。おそらく、長年の蓄積した資料はきっと持っている」

「わたしが思うに、あまり信用できるところからお金を借りていると思えませんけど……」

「私もリーシャ様と同意見ですね。見る人が見れば分かることです。誰が領地を守ってきたのかということは」

「それもそうだな。そういえば、こんなものが届いたが見たいか？」

旦那様が引き出しから出したのは数通の手紙。

封蝋は破られているが、その家門の印はわたしがよく知っているものだった。

「ベルディゴ伯爵家の両隣の領主からですか？」

「そうだ。言わなくても分かるかもしれないが、一応言っておくと嘆願書のようなものだ」

「また、面倒な案件ですね」

「そう言ってやるな。この両隣の領地がどういうところか知っているだろう？　いわゆる下級貴族、隣の領民が勝手に居ついているのなら困るのは目に見えている」

下級貴族は、お金を持っている新興貴族と、お金を持っていない昔から国に仕える貴族の2つに分けられる。

ちなみに、現在領地を持っている貴族のほとんどが国に昔から仕えている貴族であり、お金持ちの新興貴族派は領地を持っていないことが多かったりする。商売で成り上がり経済を潤した功績――というか影響力が無視できなくなり、一定の力を持った商人を国の味方につけるために貴族の位を与え出した。

商人は打算的生き物だから、爵位を与えて忠誠を誓わせた方がいいと当時の皇帝陛下は考えたらしい。

そのため、新興貴族と呼ばれる下級貴族はとにかくお金だけは持っているし、市場での権力や物流に関しても影響力がある。

しかし、領地持ちの下級貴族は税収があってもお金を持っていないことが多い。そして、わたしの実家であるベルディゴ伯爵家の両隣は下級貴族でしかも家計は、赤字ではないものの、ものすごく贅沢できるほどでもないといったところ。

領民を守っていくだけでも大変なのに、借金地獄のために重税を重ねた結果逃げ出している隣の領地の領民がいることで、被害を被っているのだと思う。

それをベルディゴ伯爵家に言ったところで、だったら送り返せと返されるのがオチだろうし、人道的に見てできないと判断した結果、姻戚関係になったリンドベルド公爵家に助けを求めてきた、ということらしい。

「無視するってできないんですか？　そもそも、これって中央に言えば喜んで調査してくれる案件では？」

「貴族嫌いのお方がいっぱいいる部署ですよね？」

一歩間違えたら、この間の公爵領での出来事も調査対象になるところだった。

「知ってるか？　奴らは相当性格が悪いってことを」

旦那様が嘲るように笑い、机をとんとんと叩く。

「いわゆる金を持っているところには嬉々として調査に入るが、借金だらけのところにはおざなりな調査しか入らない」

「ああ……そういえばそうでしたね」

納得顔のミシェル。しかし、いまいちわたしは分かっていなかった。

「金銭取引でもみ消せるっていうのは聞いたことありますけど、借金するような領地にそんなことできませんよね？」

「むしろ、旨味(うまみ)がないから何もしないんだ」

なんでも、その部門はお金になるから部署として立ち上がったんだとか。

領民に重税を強いて、たっぷりお金をため込み、脱税しているようなところに踏み込めば、国として罰を下し、罰金を科せられる。その一部は彼らの手柄としてお金が流れるらしい。

まあ、実際手柄であるのは間違いないし、給料以上の働きをするのなら上乗せ報酬は当然。

しかし、では借金のある領地では？　となる。

明らかな重税と判断されない限りは見送られるし、それがどんなに苦境な立場であっても、領主の手腕の問題だからと相手にされなかったりするらしい。

「なんですか、その現金主義は！」

「貴族嫌いというよりも、お金を持ってる貴族が嫌いってことでしょうね。ただの妬みですよ。

こんなのがまかり通るってすごいですよね」

「ミシェルの言ってることも分かるが、初めは国の調査機関として立ち上がったのは間違いない。しかし、そのうち金持ちどもを妬む奴らが集まり出して、現在の組織になっている」

「それって存在価値ないじゃないですか！　本当に助けてほしい人は助けを求められないってことですよね？」

「リーシャ、君も分かっていると思うが、この世界は綺麗ごとだけじゃないんだ」

そんなことは分かっている。今、まさに理不尽なことが起きても、結局この国——いや、どこの国だって権力者が強いのだ。

持つ者が、持たざる者を虐げる。それが現実だ。

「この2人の領主は善人だからこそ、こうしてこちらに訴えかけてきているんだな」

「少し関わりがありますが、よい領主だと思います」

ラグナートはわたしよりも領地に関しては詳しい。それは両隣の領地に関しても。

わたしがベルディゴ伯爵領に手いっぱいで他のことを考える余裕がなかったため、いわゆる外交的な立ち位置にラグナートがいた。

他領のことに関しては、ほとんどラグナートが捌いてくれた。

その関係で、ラグナートはベルディゴ伯爵領に近い領主とは少なからず関わりがある。

「領民が逃げ出しているというのは聞いていましたが、こうして嘆願が来るほどとは思ってもいませんでした」

「狙ったかのように同時に届いたのは、何か作為を感じるな」

「さすがに下級貴族が、リンドベルド公爵家に一人で嘆願する勇気はないでしょうね」

おそらく、お互いの領主が話し合って同時に嘆願を出した。そうでなければ、同時に届くはずがない。

本当は両隣の領主だってこんなことしたくなかったはずだ。なにせ姻戚関係とは言っても他家のこと。助けを求めるのはお門違いなのだから。

「祖父の代では親しく付き合っていたと聞きます。あまり無碍(むげ)にはしたくありません」

母とわたしの代では少し距離を置かれていたけど、悪い付き合いではなかった。

「他領の揉めごとに関与するのは後々他から何か言われそうだが、正式に関与することを望まれていることだし……あとはリーシャ次第だな」

結局、決定権はわたしにあると旦那様が言う。

リンドベルド公爵夫人として、どうしたいのか。どうするべきかの正解は分からないけど、ただ一つ言えること。

「わたしは――……」

素直に旦那様に今の思いや気持ちを伝えると、旦那様は静かに、分かった、とだけ答えた。

アグネストは、憤っていた。

社交界では笑いものになっていたあのリーシャが、まさかリンドベルド公爵家に嫁いで、今では話題の中心人物になっていることに。

本人は、今も昔も社交嫌いのせいで、ほとんどパーティーに顔を出すことがないためか、その実家であるベルディゴ伯爵家が槍玉に挙がっていた。

ベルディゴ伯爵家は歴史が古いだけの影響力のない家。そう思われていただけに、まるで盗人のごとく周りに知られることなく行われた今回の婚姻は、皇族を含む有力貴族にとっては晴天の霹靂だった。故に、皇族に遠慮していた伯爵家より上位の存在からは嫌味を言われ、笑いものにされていた。

それを受ける立場にいるのは、リーシャのはずなのに！

自分は、求婚の場にいた。だからこそ、あの2人が純粋な恋愛結婚だったとは思っていない。むしろ、それを確信していた。

そもそも、あのリーシャに恋心を抱くなど普通考えられない。

肌も髪もボロボロで、女としての魅力は皆無。社交場でだって、その見た目を嘲笑われていた存在。

少なくとも、アグネストにとってみれば取るに足らない存在、それがリーシャだった。

それなのに、聞こえてくる噂は恋愛結婚とか、愛し合っているだとか。あり得ない。

アグネストは、リーシャに初めて会った時、本家直系の娘として何一つ苦労していないような顔に苛立った。

自分だって伯爵家の血を引いているのに、この格差はなんだと子供ながらに感じた。それはアグネストの母も思っていたようだ。

即座に、リーシャの味方を排除し、自分の都合のいい使用人だけを残した。

さすがに総括執事だったラグナートを切って捨てることはできなかったが、リーシャを不遇な立場に追いやることには成功した。

そうすると、欲が出る。

ベルディゴ伯爵家の跡取りという座。リーシャが継げば、自分たちが追い出される未来しかない。

だったら、その座を奪う他ない。

特権階級の仲間入りをして、色とりどりのドレスや宝石に囲まれて、使用人にちやほやされる。そんな生活に慣れたら、貴族になる以前には、もう戻りたくないと思った。

実際、家臣からはリーシャよりもアグネストの方が次代を継ぐのにふさわしいのではないかとも言われていた。

直系の血筋ではないが、父が傍系の血を持っていたおかげだ。

一定数、直系の血にこだわる存在もいたが、社交界での振る舞いや影響力を考えればどちらがふさわしいかなど、考えるまでもない。

そして、長年リーシャへの悪意ある噂を流し続け、アグネストへと跡継ぎが変わった。

リーシャが伯爵家にとって、まあまあ使える存在なのは少しは分かっていた。面倒な仕事を父や母が押し付け、それなりにやっていた。

アグネストが跡継ぎになっても、寛大な気持ちで仕えさせてやろうと思っていた。

それなのに――！

まさか、この国で知らぬ者はいない貴族であるリンドベルド公爵家の若き当主に見初められて結婚するとは信じがたかった。

ベルディゴ伯爵家の跡取りの座よりも何倍も魅力的な公爵夫人の座、それはリーシャよりも自分の方がふさわしい。誰が見ても、それが真実だ。

公爵が訪れた際に訴えた。どちらが上かを。どちらを選ぶ方がいいのかを。

男なんて、見た目が整っている方が好意的にすり寄ってくる。それは経験上知っていた。ちょっと困ったように上目遣いで見つめれば、意のままだ。

しかし、公爵はそんなアグネストに対して嫌悪感をあらわに追い出した。

そのことに対して、今思い出しても怒りが湧く。

まるでリーシャより格下のような扱いを受け、特殊な趣味の男なのだと言い聞かせた。しかし、自分よりも上位の存在になったリーシャに頭を下げなければならないと思うと、やはり身体が震えるほど力が入る。

「ちょっと、何してるのよ！　早くお湯の支度しなさいよ！」

ここ最近は、邸宅内が上手く回っていない。そのことにも苛立たされる。

少し前までは、こちらの意図を察して先回りして準備されていることが普通だった。

「も、申し訳ございません……」

機嫌が悪いと分かっているせいか、使用人も委縮して、それが悪循環になっているのをアグネストは理解していない。

「本当に使えない！　ちょっと、最近たるんでるんじゃないの？　前にいた侍女はどこ行ったのよ！」

「そ、それは……その――……」

「まったく、高い給金支払っているのだからそれ相応の仕事をしなさいよ！　こんな仕事ぶりなら減給どころじゃないわ！」

申し訳ありません、と頭を下げて浴室に姿を消す侍女の姿に、栄えある伯爵家に仕えているくせに、これでは困ると眉を寄せる。

少なくとも、今自分に仕えている侍女は、解雇かもしくは減俸すると心に決めた時、不意に外が騒がしいのに気付いた。

何事かと窓に寄ると、外には父がいて、焦ったように相手に何か言っているようだった。

相手の身なりは、皇宮に仕える文官制服を着ている。しかも、その色はかなり上位の存在を示すものだ。

あくせく働く下級貴族などただの使用人と思っていても、皇宮で働く公人がかなりの力を持っていることはアグネストでも知っている。むしろ、トップクラスの公人は、上級貴族の当主が兼任していることが多い。

その知識から考えるに、相手は父よりも上位の存在の可能性がある。

父がわめいていても、相手の頑な態度がそれを一層顕著に感じさせた。

――嫌な予感がする。

相手が、踵を返し門前に止まっている馬車に乗り去って行く姿を確認すると、アグネストは部屋を出た。

そして階下でざわつく中、父に近づくと、父は手に持つ書状を握り潰すように持っていた。

「お父様」

声をかけると、ぎらぎらするほど怒りを宿した父がアグネストを睨みつけた。

「お前、何をした！」

いきなりのことで、アグネストも一体なんのことかと苛立つ。

もともと機嫌が悪かったアグネストが、初めてと言ってもいい父からの叱責のような言葉に、言い返す。

「なんのことでしょうか？　何もしない当主のお父様の代わりに、わたくしは伯爵家のためにこうして日夜駆けずり回っているのに、一体何に対しおっしゃっているのか理解できません」

「父親になんて口の利き方だ！　これならまだリーシャの方が従順でよかった！」

リーシャと比べられ、アグネストはカッとなる。

「従順？　リーシャを使用人の一種とおっしゃったのはお父様ですよ！　使用人が従順なのは当然です！　まさか、わたくしを使用人程度とお比べになられるとは思いもしませんでした」

「ふん、使用人と比べても劣る血筋というのは、どうやら伯爵家を窮地に落とすことしかできなかったらしいな」

母の血筋を揶揄(やゆ)され、同時に自分も貶(おとし)められて、アグネストの身体が震えた。

この伯爵邸に仕える使用人よりも劣る母親の血。その血を受け継ぐアグネスト自身も、卑しい血の持ち主だとはっきり父に言われ、リーシャよりも優れていると言われ続けてきたアグネストは、父の突然の豹変を受け入れがたかった。

「お前が、方々に伯爵家の現状を訴えているのは知っている。全く、お前は馬鹿すぎてこちらも苦労する」

「何をおっしゃって！」

「いいか、貴族にとって体面がいかに大事か知らないのか？　まさか、伯爵家が落ち目であると言いふらして、それで同情が誘えるとでも？　ああ、母親に似たお前なら同情した男が金で買ってくれるかもしれないな。むしろ、それしかないか？」

「お父様！　言っていいことと悪いことがありますわ！」

「この際言っておくが、お前が伯爵家の現状を訴えていること自体が、社交界の人間から敬遠されている原因だ。誰が、落ち目の家の手を取りたいと思う？　そんなことも分からないのか？　おかげで、こんなものが皇宮から送られてきた」

苦々しく顔を歪めながら、握り潰した書状をアグネストに突き出した。

言いたいことは山ほどあったが、アグネストはそれを受け取って中を読む。

そして――。

「な、何よ、これは！」

ぐしゃりと既に潰されている書状を、アグネストは再び握り潰す。

「分かったか？　これで我が家は終わりだ。まさか、こんな強引な手に打って出るとは思ってもいなかった。今まで、静観していたリンドベルド公爵家が動き出すきっかけがあったはずだ。もう一度、聞くが――お前は何をした？　確か、リーシャと話をつけてくると以前言っていたな？」

アグネストは、ぐっと言葉に詰まる。

父に睨まれ、何か言わなければと思いながらも、頭が真っ白になった。

◆◇◆◇◆

「案の定だな」

それはそれは愉快そうに、旦那様が届いた手紙を見せびらかすように、指に挟んでひらひらさせた。

「クロード様、完全に悪役面ですねぇ」

「あら、クロード様は常に悪役面ですわよ？」

旦那様をここまでこき下ろせるのは、世界広しとはいえ数少ない。そんな数少ない２人――ミシェルとロザリモンド嬢は、悪びれもせず、あははうふふと笑っていた。

でも、その意見は同意したいわぁ！

人を苦しめることに至高の楽しみを見出しているような旦那様。

この顔に、わたしも一体何度苦労させられたことか。

「さて、さすがに会わなければならないが、リーシャ、君はどうする？」

「もちろん、同席するのが筋ですよねぇ。リーシャ様？」

わたしが答えるより先に、目を輝かせてミシェルが答えた。

それ、わたしが決めることなんですけど？

でも、ミシェルの言った通り、わたしも同席するのが当然だ。

なにせ、手紙の相手はわたしの実家、ベルディゴ伯爵家なのだから。そして、その話が一体なんなのかはよくよく理解している。

ちなみに、ミシェルが首を突っ込んできているのは、わたしが話し合いに参加しなければ自分も参加できないからに違いない。

こんな楽しそうな催しに参加しない手はないと、全身で語っている。

「あら、それわたくしも同席したいですわ。ミシェルばかりずるいですね」

「僕はリーシャ様付きの騎士ですからねぇ！」

今からでも外れてくれていいですけど？　と言いたい。

当事者になると楽しめないけど、人様の家の事情というのは、不幸なことになればなるほど社交界で好まれる話題となる。

人の不幸は蜜(みつ)の味とは、よく言ったものだ。

つまり、ミシェルは人の不幸という蜜に群がる虫の一匹。ロザリモンド嬢の方は、不幸を楽しむというよりは、純粋にわたしの実家に興味があるらしい。

どうして興味があるのか聞いたところ、友人が困っているのなら、その原因を知りたいと思うのは当然ではないかと言われた。

そこで、あれ、友人だったの？　と思ったのはご愛嬌(あいきょう)。

ロザリモンド嬢との関係は曖昧だ。

旦那様と結婚して、姻戚関係から親族となったけど、友人と言うには、ちょっと違う気もする。

口に出してお友達になりましょう！　と宣言した記憶もないし。

でも、向こうから友人と言われて、ちょっと嬉しかったりする。

わたしってお友達が少ないしね！　――なんか、言っててちょっと悲しくなった。

ちなみにロザリモンド嬢は、この数日の間でよくお調べになっておりましたよ。むしろ、現状に関してはわたしより詳しくて、ちょっと参考になりました。

「ロザリモンド様、それなら侍女に変装すればいいんですよ！　リーシャ様付きの侍女なら同席してもおかしくありません」

「それはいい案ですけど……わたくし、侍女としてのスキルはありませんわ」

「そこは、位の下の侍女という設定で――」

ミシェル、悪だくみは得意だね。

ロザリモンド嬢もなるほどと納得顔。そこは、納得しないでほしいんだけど。

「では、わたくしはリーシャ様の後ろで小間使い的な役割の侍女ということで……」

なぜか、勝手にいろいろ決められていく。当事者、わたしなんだけどね？

「ミシェル、ほどほどにしろ」

「大丈夫です！　僕たちはただの傍観者に徹します！」

ただの傍観者ね？　傍観者で終わってくれればいいですけどね？

「リーシャ、気が乗らなければ参加しなくても構わないが？」

「いえ、もともとわたしの実家に関することですから。むしろ、旦那様を巻き込みましたし、恨み言くらいはわたしが聞かなければと思います」

「実際に手を下したのは私だ」

「それは、わたしの望みを叶える手段として行使したからですよね？　わたしが面倒なことを言わなければ、旦那様はベルディゴ伯爵家に恨まれるような手段はとらなかったと思いますけど？」

強引な手段だったと思う。

むしろ、よくそんな手が使えたなと思うけど、あらゆる場所にコネを持つリンドベルド公爵家だからできたことなのだと実感した。

たかが伯爵家をどうにかすることなど、容易なんだと少し怖くなる。

リンドベルド公爵家を敵に回したくないと、多くの貴族が考えている力の一端を見た。

「一応言っておくが、前例がないわけでもない。確かに少々強引だったのはあるが、最終的に私の提案を受けた方がいいと判断したのは、皇帝陛下だ」

「というか、皇帝陛下を動かせるって、相当すごいですよね？　普通に考えて」

ミシェルがしみじみと言う。

「今回の件に力を貸してくれれば、前回の件は不問にすると言えば、全く問題なく通ったな」

「ええ？　僕すっごい頑張ったのに!?　せっかく皇女殿下を排除したのに!?」

ミシェルの叫びを、ふん、と鼻息一つで旦那様が流すと、ミシェルが頭を抱えた。

「ひどいですよぉ！　風通しがよくなった方が健全でしょう？　リーシャ様が助かるでしょう!?」

「一体なんのことでしょうか？」

頭を抱えて嘆くミシェルが、呻きながら簡単にロザリモンド嬢に説明する。

それを聞いたロザリモンド嬢が感心したように頷く。

「まあ、それでは皇族――むしろ皇帝陛下に貸しがあったということですか。それを今回、リーシャ様のために使ったと。まあまあまあ、素敵ですわ！」

「ロザリモンド様？　僕の苦労に対して何かありませんか？」

「いえ、特に？　最終的にその件を収めたのがクロード様なら、クロード様の手柄でしょう？　でも、その手柄を妻のために使うなんて、今までのクロード様からは考えられませんわ」

含みある笑いでわたしに微笑みかけるロザリモンド嬢に、ふいと視線を逸らせた。そして、話を戻すように、ごほんと咳ばらいを一つした。

「それで、いついらっしゃるのですか？」

「3日後だ。すぐにでも押しかけたい気持ちはあるだろうが、さすがにそれは私に対して非礼に当たる。まだ、理性が残されていてよかったたな」

どちらにしても、３日後はきっと壮絶な争いが巻き起こるんだろうなと遠い目になる。

いや、もしかしたら、ばっさりと旦那様に切られて終わりかも？

「正義はこちらにあるのだから、向こうが何を言ってきても問題ない」

正義という顔じゃありませんよ、旦那様……。

◆◇◆◇◆

「なんというか、リーシャ様ってここ一番って時の装いが、すごい迫力ありますよね」

感心したようなミシェルが、わたしの格好にパチパチと拍手で囃し立てた。

わたしの後ろでは、３人の侍女が満足そうに頷く。

さまざまな色合いのピンクの生地が重なり合い、その合間合間に深紅の生地の見えるドレスは、ピンクという色合いにしては落ち着いた印象を人に与える。

丁寧に梳いた髪は複雑に編み込まれ、首筋をすっきりと見せ、その首元にはドレスに合わせたような大粒のピンクダイヤモンド。

普段着というには気合が入った格好だ。

「わたくしは初めて見ましたけど、国一番の美女と言っても差し支えないですね」

「ロザリモンド様も美人ですよ」

「あら、それなら女装しているミシェルも美人ですわ。でも、格が違うんですのよ？　リンドベルド公爵夫人として、誰よりもふさわしいとわたくしは思います」

ロザリモンド嬢に真面目に返されると、逆に恥ずかしくなる。

いや、だってねぇ？

ロザリモンド嬢だって、世間一般では超美人だし。ちなみに、ミシェルもだけど。

美人に美人と褒められて、さらには格が違うと言われて、恐縮ですって感じ。

「ところで、本当にその格好でついてくる気ですか？」

「ええ、似合いませんか？」

「いえ、似合う似合わないの問題ではないと思います」

ロザリモンド嬢は3日前のミシェルの入れ知恵で、なんと侍女のお仕着せを着てやってきた。

ロザリモンド嬢は生粋のお嬢様だ。そのせいか、所作が使用人のそれではない。

明らかに、釣り合っていないのだ。

わたしの表情に、ロザリモンド嬢が困ったように頬に手を添えて言う。

「リーシャ様、わたくしも仲間に入れてくださいませ。きっとお役に立ちますから」

役に立つってどうやって？　とは聞けなかった。むしろ、何もしないでくれた方がいいかなと。

どちらにしても、ついてくる気満々のロザリモンド嬢には何を言っても無駄だと悟り、諦めのため息をついた。だって、何か言ってもすぐにミシェルが悪知恵働かせるし。

もうどうにでもなれって思っていると、自室の扉が叩かれる。

扉の側に立っていたミシェルが、扉を開くと、旦那様がラグナートを引き連れて立っていた。

「何を遊んでいるんだ？」

「遊んでいるわけではないんですけど……」

部屋の中にいるロザリモンド嬢に眉を寄せる旦那様に、わたしは声を大にして言っておきたい。

わたしは遊んでいません！

遊んでいるのは、むしろミシェルとロザリモンド嬢の方で――。

ミシェルはともかく、ロザリモンド嬢については旦那様が止めてくれるかと期待していると、旦那様は肩をすくめただけで何も言わなかった。

何も言わないということは、同席することを認めたということだ。

とりあえず、ロザリモンド嬢はミシェルと並んでわたしの後ろに立つことが決まっているので、何かあったらミシェルがなんとかしてくれるだろう、きっと。

そそのかしたのは、ミシェルだし。

心の中で全ての責任をミシェルに押し付け、扉の前でわたしを待っている旦那様を上から下まで見る。

旦那様の格好は、いつもの邸宅内で着ている服装だ。とはいっても、最高級の生地に最高級の腕を持つ仕立て人が仕立てた品だ。

そこら辺の貴族が着れるような代物ではないけど。

しかも着ている人が素晴らしい美形なのだから、たとえ少し地味でも華やかに見える。

「準備ができているなら、そろそろ行くぞ」

「もう、着いているんですよね？」

「だいぶ前にな。招かれざる客なんだからな。待たせて恨みを買ったところで怖くはない」

それはそうでしょうね。

ベルディゴ伯爵家から恨みを買ったところで、向こうはどうすることもできないのだから。

「ラグナートも同席するんですよね？」

「ええ、私も気になりますので」

答えたのは旦那様ではなく、ラグナート本人だった。総括執事として同席するのは、おかしくない。

気になるのなら、どうぞ堂々と聞いていってください。ラグナートは当事者に近い立ち位置だし、ミシェルやロザリモンド嬢より聞く権利はあるんだから。

「さて、では敵地で一体何を語るのか——、楽しみだな」

ええ、本当に。

ちなみに、旦那様はどこであっても、言いたいことは言う人ですよね。求婚に来た時の旦那様は、今でも忘れられませんよ。

「面会の申し込みは、私とリーシャに対してだが、向こうは私というより、リーシャに言いたいことがあるだろうな」

「むしろ、わたしを操作して、旦那様に今回の件を撤回させたいんだと思います」

向こうからしてみれば、わたしは従順な娘、もしくは妹という感覚だ。

反抗もせず、唯々諾々（いいだくだく）と従う人形とでも考えていたんだと思う。何をしても許される、そんな存在。

使用人の方が、よっぽどよかったと思う。

仕事に対して給金が発生するのだから。わたしには何一ついいことがなかった。

もちろん、社交場に連れ出される時は、それなりの格好をさせられたけど、どれもおさがりばかり。

もしくは、母の形見のドレス。

自由になるお金はほとんどなかったのだから、使用人の方がマシだと思うのは仕方がない。

「撤回か……既に、皇族と話がついている案件に対して撤回などあり得るものか」

やる時は徹底的に、禍根(かこん)を残さずに。そういうことですね、旦那様。

「それに——本来ならこれが正しい。外野から見れば、またとやかく言われそうだが、これはリーシャの正当な権利だ」

正当な権利——直系の一族として当たり前の権利で、守るべきもの。

「決着の時だ、リーシャ。覚悟はいいな？」

「もちろんです。いろいろとありがとうございます、旦那様」

こうして家族と向き合う機会は、きっとこの先ないと思う。

完全に決別するだろうし、そもそも向こうは二度と社交界に出入りすることはできなくなるはずだ。そうなるように、仕組んだのは旦那様だけど、それに同意したのはわたしだ。

後始末は、旦那様だけじゃなくてわたしもしなければならない。

「礼を言われるくらいなら、頼みがあるんだが？」

「頼み——ですか？」

ちょっと警戒した。

旦那様の頼みなんて、ろくでもないことが多いからだ。

「そんなに警戒するな。別に難しい頼みじゃない。私をなんだと思ってるんだ」

悪魔の如く鬼畜男だと思ってます。

「それで、頼みとは？」

「終わってから言う」

え、お預けですか？

それはちょっと気になって、これからの話し合いに集中できなさそうなんですけど！

リンドベルド公爵家にはいくつかの応接間があるけど、その中でも一際(ひときわ)重厚感あふれる部屋にベルディゴ伯爵家一行——つまり、わたしの家族が通されていた。

部屋に入ると、すぐに両親と姉の苛立った様子が目に入る。

そんなベルディゴ伯爵家の者の側に控えるのは、邸宅の侍女。

エリーゼやミリアム夫人に媚びを売ってた侍女を一掃して、新しく雇い入れた。彼女たちは、以前勤めていた侍女たちとは違い、口が堅く精鋭とも言える人たちだ。

さすがラグナートによって選別されただけのことはある。

もちろん、だからといって堅苦しいわけではないし、話しかけると朗らかで友好的。それに、邸宅の女主人であるわたしに無礼を働くことはない。というか、それが普通なんだけど、普通じゃない扱いばかり受けてきたので、ちょっと新鮮だったりする。

話が逸れたけど、つまり彼女たちはわたしの味方ということ。

こちらが詳しく説明しなくても、わたしと実家があまり仲がよろしくないことはうっすらと理解しているようで、部屋に入ると刺々(とげとげ)しい監視をするかのような目で、わたしの家族を見ていた。

その寒々とした空気は、わたしにとって敵だからというだけではなく、苛立った様子の人たちから理不尽なことを言われた可能性もある。

むしろ、そうだろうなと思う。

他人の邸宅であっても、使用人は自分たちよりも格下だと見下し、命令をするような人たちだ。

もちろん、大多数の特権階級者が同じような考えを持っているけど、それでも他人の家では多少遠慮する。

旦那様もこの空気に気付いているだろうに、何事もなくわたしを伴ってソファに座った。

そして、侍女たちに新しいお茶を持ってくるように指示を出す。

この場に残ったのは、ベルディゴ伯爵家の父と継母、姉。そして、わたしと旦那様に加え、ラグナート、ミシェルとロザリモンド嬢だ。

なんか、場違いな2人がいるけど、気にしない。気にしたら負けだ。

父が、この場にいるラグナートを苦々しく睨みつける。裏切者が！　と言いたげだ。

しかし、もともとラグナートと父の仲はよくないので、裏切者どころか、最初から味方でさえない。

旦那様は、だいぶ待たされて苛立っている父の様子を理解しながらも、素知らぬ素振りでソファに座り、堂々と嘘の事情を口にした。

「遅くなって申し訳ありません、急な仕事が入りまして」

父は組んだ腕を指で叩きながら、旦那様を睨むように鋭い目つきで見た。

「お忙しいことは理解しています。それならば、先に娘を寄越してくれてもよかったのですが。娘と少しくらいは言葉を交わしたかったと思います。あなたは娘と私たちの仲をよく思っていないとか？　これでは、そう思わざるを得ませんな」

「どこからそのようなことを聞かれたのでしょうか？　私がリーシャとあなた方の仲を引き裂いているというのですか？　それとも余計なことを言わせないようにリーシャを監視していると？」

席に座るなり、いきなり喧嘩腰だ。

丁寧な口調ではあるものの、ずいぶんと苛立った様子の父が旦那様に噛みつくように言った。

旦那様の方は心外とでも言うような態度だ。

そして、ちらりとわたしを見下ろす。その視線に、わたしは大いに焦った。

忘れてた！　そういえば旦那様には言っていなかったけど、この間のお茶会で伯爵夫人をそんな風に勘違いさせていたんだった！


その勘違いを姉に伝えたんだと、すぐに気付いた。

ちなみに、その伯爵夫人との会話は、わたし以外にもミシェルやロザリモンド嬢も聞いている。

旦那様の様子から、誰もそのことを伝えていないようだった。

それはそうだ。あの2人、伯爵夫人との一件よりも、その後の姉との邂逅と旦那様の会話の方に興味津々だったんだから。


まずーい！　あとで旦那様になんと言われるか！

誤魔化すように優雅に微笑んで見せたけど、旦那様の厳しい追及から逃れられないらしい。

この場で追及しない代わりに、あとで覚えておけ、と鋭く目を細めて旦那様が態度で示す。

「とにかく、私がリーシャを監視するようなことはしておりませんし、この先もすることはないでしょう。自由を保障していますし。どうやら、勝手に勘違いしたおせっかいな者が心配して伯爵に進言したのでしょうね」

馬鹿馬鹿しい話だと切って捨てる。

「では、よろしければ少し娘と家族水入らずで話をしたいのですが、よろしいでしょうか？」

「ええ、いいですよ。私は口を挟みませんからどうぞ、心ゆくまで挨拶してください。今後、なかなか会うことができないでしょうから」

そう言葉にした瞬間、父の顔が引きつった。

継母や姉は目を吊り上げる。

「ははは、そうでしょうとも。リーシャは公爵夫人ですからね、きっと忙しく――」

「ベルディゴ伯爵――、いえ、元伯爵とお呼びした方がよろしいですか？」

口角を上げ、人を恐怖に叩き落すような壮絶な笑みを浮かべ、まるで何も分かっていない幼子に語りかけるようにやさしく言う。

「既に、皇宮からの書状は届いているはずですよね？　こうして私とリーシャが会う時間を作ったのは、あなた方が彼女のご両親で、そちらのご息女が血の繋がった姉妹だからです。しかし、きちんと理解していただきたい。リーシャは公爵夫人で、あなた方はただの一国民になったのだということを。家族と言えど、お互い遠慮するべきところがあるでしょう」

シンと静まり返る応接間に、旦那様の声だけが響く。

わなわなと震える父と継母。理解しがたいことを言われ、全ての元凶がわたしだとでも言うように姉が睨みつけてくる。

「な、なぜそのようなことをおっしゃるのか理解できませんわ……。もしかして、リーシャが公爵様を惑わしたのですか？　まるでわたくしたちが悪であるかのようにお聞きになったのでしょう？　だからリーシャの言うままに、このようなことをされたのですか？」

「そうですとも！　私どもとリーシャは確かに上手くいっていませんでしたが——それでもこれはやりすぎだ！　リーシャ!!」

怒声がわたしに向かって放たれた。

「ベルディゴ伯爵の称号を奪い取り、それだけでは飽き足らず、全ての財産がお前に相続されるなど!!」

父がそのままの勢いで続けた。

「しかも、私が精神疾患を患い、既に当主としての役割を果たせないというのはどういうことだ!?　その跡取りであるアグネストも同様であると？　その結果、継承順位がリーシャの夫であるリンドベルド公爵家に移るとは！　強引にもほどがあるぞ、リンドベルド公爵!!」

旦那様は心外そうに、肩をすくめた。

「そもそも、直系のリーシャこそが跡継ぎだったはず。私はその間違った道筋を正しただけですよ。ああ、でも……精神疾患を患っているというのは、あながち間違いではないと思いますけど」

そう——実家の家族が乗り込んできたのは、ベルディゴ伯爵の称号が当主の精神疾患異常の結果、全ての財産と共にリンドベルド公爵家に引き継がれたと、皇宮からの書状で知ったからだった。


あの日、旦那様からどうしたいか聞かれた時、わたしは正直どうでもいいかなって思った。

だって、噂だとしても結局ほとんどの領民がわたしを信じてはくれなかったのだ。

それなのに、両隣の領主からの嘆願で助けるのは、どうしようもなく嫌だった。領民だって被害者だと思えなくはないけど、裏切られた気持ちはわたしにだってある。

しかも、頼んできたのが旦那様に対して、というところも気に食わない。

結局、わたしには助ける能力がないと言われているようだ。

実際、女のわたしに頼むよりは、同じ男で領主でもあり、国一番の資産家である旦那様に頼む方が現実的だという判断は、間違ってはいない。

だけどね。あの領地はわたしの生まれた領地で、誰よりも一番知っている。

どうすれば助けられるのか、お金だけでは解決できないさまざまな問題は、わたしの方が知っている。

つまりだ——。

「いじけるな。別にお前に能力がないわけじゃない」

「いじけてないですけど？　旦那様じゃなくて、わたしに手紙をくれてもよかったんじゃないかって思っているだけですけど？」

分かっていますとも！　わたしよりも旦那様の方が頼りになるくらい！　だけど、あそこはわたしの領地だったし、わたしの方が詳しいし！　赤の他人に近い旦那様より、一応ベルディゴ伯爵家出身のわたしに現状を知らせてくれてもよかったんじゃない!?

「読んでももらえないと思ったんじゃないのか？　ベルディゴ伯爵家でリーシャがどんな風に扱われていたのか、それくらいは近しい領地なら知っていたのかもしれない。それなのに、助けもしなかったのなら、リーシャに恨まれていると考えてもおかしくない」

「他領の人間が継承問題に関わるとろくなことにならないことは常識です。別に助けを求めたわけでもないですし、恨むとか恨まないとかそんな感情は芽生えるわけありません」

「人の考えなんて、結局本人しか分からないことだ。それに、この手紙が私に来たのは、おそらくリーシャのためだろうな」

「わたしのため？」

「ベルディゴ伯爵家で冷遇されていた君が、今はリンドベルド公爵夫人になってそれなりに幸せに暮らしている。そこに、ベルディゴ伯爵家の陳情をすれば、また悩ませることになるとでも思っているんだろうな。苦労したのだから、ベルディゴ伯爵家のことにはもう関わらせず、実家のことに思い悩ませたくないという配慮だ」

人の気持ちや考えは、本人にしか分からない。

旦那様が言うように、もしかしたら両領主にはそういう考えもあったのかもしれないし、わたしの考え通りに、わたしより旦那様を頼った方がいいと思ったのかもしれない。

その真意は、わたしにも旦那様にも分からないのだ。

「まあ、どちらにしても現状この両領主が悩んでいるのは事実だろうがな」

「結局、それだけは事実なんですよね……」

わたしは、はあとため息をついた。

「それで、どうする？」

「……面倒事はごめんです。わたしは三食昼寝付きのだらだら生活をするために結婚したのに、どうしてどんどん厄介事が舞い込むのか非常に悩んでいます」

キッと目じりを吊り上げて、主な原因はそっちだぞと睨むけど、旦那様には全く効かない。

「でも、もしベルディゴ伯爵領が完全にわたしの財産になるのなら、わたしにも利があるからいいかなと思います」

「それはどういう意味か分かってるか？」

「覚悟を決めました。逃げるのではなく、今度はわたしが徹底的に全てを奪い取ります。正確に言えば、返していただきます、ですけど」

わたしの答えに満足そうに――とはほど遠い、呆れた顔つきの旦那様。

「……あの、何か？」

「いや？　まあ、そのうち気付くかと思っているが、このまま気付かなかった場合どうしようかと考えているところだが――覚悟を決めたのなら別に協力はしよう。私にも利がありそうだしな」

今度は少し乗り気な感じで、旦那様が口角を上げて笑う。

とりあえず、わたしの目的のためには旦那様の協力は絶対に必要になるので、乗り気なのは何よりだ。

なにせ、爵位も奪うとなると、どうしても旦那様に爵位を継承してもらうことになるのだから。

「問題は、どうやって爵位を父から継承するかなんですけど……」

「それは私の方に考えがある。まあ、爵位の1つや2つ、その気になればどうにでもなる」

普通は、どうにもなりませんけどね。旦那様が言うと、とっても簡単そうに聞こえますよ。

「ちなみに、どうやるんですか？」

「爵位の承認は皇帝陛下が行う。つまり、その皇帝陛下をこちらの味方に付ければ、ほとんどのことが滞(とどこお)りなく進む」

「……普通、そう簡単に皇帝陛下を動かすことはできませんよ？」

「向こうには私たちに対して、借りがあるからな。返していただこう」

権力はこうやって使うのだと、邪悪に笑う旦那様。

旦那様の頭の中では、既に爵位剥奪（はくだつ）までの過程が出来上がっていそうだ。

「そのあたりのことは私が手配する」

どんな手を使うのか、聞いた方がいいのか聞かない方がいいのか……。

「ベルディゴ伯爵は精神疾患を患っている――そのせいで善悪を正常に判断できなくなっている、と私は思う。判断能力が欠如している者に爵位を任せてはおけないと思わないか？」

「……診断書とか必要ではありませんか？」

「偶然にも、ベルディゴ伯爵は最近よく医師に悩み事を打ち明けているそうだ。きっと、心神喪失状態という診断を下していることだろう。そして姉君も苦労の末に、疲れ切って正常な判断ができなくなっているに違いない。この間の私への態度は、それで説明できるな」

もう、深くは聞かないことにしようかな……。

「あの……申し訳ないのですが、一つお願いが」

わたしが話を変えるように恐る恐る言うと、旦那様がなんだ？　と聞き返してくる。

「借金返済のために、お金を貸してほしいんですけど……」

「ベルディゴ伯爵家の借金は、別にリーシャの借金というわけじゃないだろう？　むしろ私が爵位を継承すれば、一応私の責任問題として付随してくる。リーシャだけが背負うべき問題ではないが」

「気持ち的な問題といいますか……。一気に返すのは難しいですけど、少しずつ領地収入で返せればと思います」

リンドベルド公爵家の資産をベルディゴ伯爵領の借金返済のために使うのは申し訳ないというか、何か違う気がした。

爵位を継承すれば、旦那様が一応ベルディゴ伯爵領の主となり伯爵位を得るが、それは一時的なものだ。

爵位は2つ以上同時に継承はできないが、中継ぎとしてならば爵位を同時保有できる。

今回の場合、わたしは既に結婚して他家に嫁いでいるものの、ベルディゴ伯爵家の跡継ぎがいなくなるので、わたしの産む男児が正式に爵位を受け継ぐことができる。そのため、一時的に旦那様が預かる形になるのだ。

ただし、産まれなかった場合は皇帝陛下に返上することになるのだけど。

ちなみに、分家の人間も継ぐことは可能だけど、ベルディゴ伯爵家には分家の血筋が少なく、わたしと父の家系以外では傍系も傍系というくらい遠い親戚になる。それでも、爵位が欲しい人は少なからずいるだろうけど、借金持ちの領地を継ぎたい人はそうはいない。

旦那様はわたしの気持ちを理解してくれたように、頷く。

「借金の額については調べてある。それに、債権は全てこちらに回してもらうように手配しよう。我がリンドベルド公爵家にとってみれば、ささやかな金額だな」

さすが、国一番のお金持ち。言うことが違いますね。

ガタリと音を立てて立ち上がり、わめいている父の振る舞いを、わたしは冷めた目で見つめながら、旦那様との会話を思い出していた。

精神疾患――旦那様はある意味間違いじゃないと言っていたけど、本当にその通りだと思う。

悪びれもせず、自分を正当化し、悪いのはわたしだと決めつける。

これが一族の当主かと思うと、頭痛がしてきた。できれば、ここがどこかを思い出してほしいんだよね。

あなた方は完全に招かれざる客で、旦那様が一言追い出せとでも言えば、抗(あらが)うこともできずに追い出されるような身であることを。

今、旦那様が聞くに堪えない言い分を聞いているのは、わたしが黙って聞いているからだ。

「なんとか言ったらどうだ！　父親の言葉を無視するとは、やはり育て方を間違えた！　公爵様、悪いことは言いません。やはりリーシャは公爵夫人には不適格だと言わざるを得ません」

「その通りですわ！　このように家族を陥れる子——きっといつかリンドベルド公爵家にも災いをもたらすことでしょう」

離婚されるというのは、女性にとって不名誉になる。

もちろん、相応の理由があれば世論が味方してくれるけど、わたしと旦那様が離婚した場合、世論の味方はリンドベルド公爵家にいく。

どれだけ旦那様がわたしに対し悪行を行っていても、それを覆すだけの影響力はあるのだ。

とりあえず、この人たちはきちんと話を聞いていたのかな？　皇帝陛下が既にお認めになられているんだから、どう動いたって無理に決まっているのに。

「お父様、お継母様、お姉様……」

わたしが静かに声をかける。

割り込んだわたしの声は、自分でも驚くほど冷たかった。

「既に、書類の一切は受理されています。この先、リンドベルド公爵家に迷惑をおかけにならないように、お過ごしください」

もう既に、伯爵位は旦那様の手の内にある。

そして、その次代の継承はわたしの子供。

「リーシャ、わたくしは覚悟を持って領地を継ごうと思っていたのよ⁉　領民をこれ以上苦しめるなんて――」

「誰が苦しめていたかは、お姉様たちが一番分かっておりますよね？」

領民の言葉に耳を傾けず、放置してきたのは彼らの方。

北の大地は作物が育つにはあまり適してない土壌が多い。それは、ベルディゴ伯爵家も同じだ。ただし、先祖はあの地に根を下ろし、長い時間をかけて開墾(かいこん)してきた。その功績もあって、伯爵位として叙爵されたのだ。

作物が育ちにくくても、領地はそこそこ広い。上手く活用して、人々を守ってきた。

鄙(ひな)びた田舎領地とよく言われる。

だけど、少なくとも困窮して民が逃げ出すようなことは、いまだかつてなかった。

「お金は無限に生み出されるものではありません。過去の領主が苦労して開墾してきた大地を、土足で踏みにじるように搾取したのはあなた方です」

初めは少しは同情もした。

父に自由になるお金が少ないが故に、彼女たちが苦労したのは事実かもしれない。

だから、ベルディゴ伯爵家の正妻となり子女となった時は、過去に戻りたくないと願ったのは理解できる。

だけど、やりすぎた。

わたしを陥れるのは、まだいい。守るべき民を裏切るような行為は、もはや領主一族ではない。

「借金のほとんどは賭博によるものです、お父様。わたしが知らないとでも思ったのですか？　わたしがベルディゴ伯爵令嬢だった時から、ずっと苦労させられてきました」

「ふん、私にも付き合いというものがある。下級貴族のように金を気にしていられるか」

「その借金の返済をしていたのは誰だと思っているのですか？　わたしです。足りないお金の工面にどれほど苦労したか、ご理解いただけていますか？　まさか、降って湧いたとか言いませんよね？」

「あれくらいの金額で――」

「お継母様もお姉様も、収入以上の支出は常にされておりましたが、それら全てを合わせますと、皇都で庭付きの屋敷が買えます」

さすがに一等地には買えないけど、それでもかなりいい土地に建物付きで買える。

財政が悪化していったのは、主にこの賭博の借金のせいだ。

「まあ!?　あ、あなた！　そんなに借金していたなんて！　わたしたちにはドレスも宝石も我慢するようにおっしゃっていながら！」

「そうよ！　お父様さえ質素倹約に努めていましたら、このようなことにはならなかったのに！」

「お、お前たち！　たかが平民の娼婦風情を正妻にしてやっただけでも寛大な処置だったのに、慎ましく生活するのはお前たちの方だろう！」

家の恥をここでさらけ出さないでほしいな……、今さらだけど。

旦那様は、わたしの実家の人間がどんな性格か求婚の時に理解しているけど、ミシェルとロザリモンド嬢は違う。

話に聞くのと実際に目の当たりにするのとでは、違うはずだ。

「ところで、結局お父様たちのお話は、爵位の件だけですか？　それなら既にお話は終わりましたね。お帰りいただいてもよろしいでしょうか？」

こっちは事後処理でいろいろ忙しいんで。

旦那様も、この茶番劇を飽き飽きしたように見ている。

人間の本性なんて、こんなものだ。

「待て！　まだ終わっていない！」

ですよね？　だって、爵位を剥奪されて、もうどうしようもないって分かったあとのこと、知りたいでしょう？

「旦那様もおっしゃいましたが、今後会うこともないでしょうから、言いたいことは全て言っておいた方がよろしいでしょうね。わたしも覚悟していますし」

「まるで自分が偉くなったようだな、リーシャ！　どんな風にお前が私たちを陥れたのか、社交界に流してやってもいいんだぞ？」

本当に頭が悪い。

初めから期待していなかったけど、本気でそれを言っているのなら、旦那様を見くびりすぎている。

「どうぞ？」

旦那様が突き放すように言った。

その言葉に、父は何を言われたのか理解できないという顔で呆然（ぼうぜん）と旦那様に顔を向けた。

「は？」

「だから、やってもらっても構わないと言っているが？」

「そ、それは……」

本気で理解していない相手に、いちいち説明するのは疲れる。

「社交界に出入りできるのなら、の話だがな。まさか、爵位を失った自分たちがいつまでも招待されるとでも思っているのか？　ああ、きっと面白おかしく招待してくれる貴族はいるだろう。せいぜいそこで悪評でも流してみてくれ。ただし、恥をかくのはどっちだろうな？」

「お、脅していらっしゃるのか!?」

「脅す？　違うな。脅しているのは、そちらだろう？　リーシャを怒鳴りつけ、自分を優位に立たせようとする。小物のすることだな」

おや？　と隣に座る旦那様を見上げた。なぜか、とても不機嫌そうだ。

もちろん、こんな馬鹿馬鹿しい話し合いに参加している時点で機嫌が悪くなる要因はたくさんあるけど、ちょっと違う。

なんというか……わたしに対する家族の態度に苛立っている？

「それから、間違っていることを指摘するのも面倒だが、リーシャは偉いんだ。なにせ、この国では女性序列第三位だ」

我が国において、女性の序列は夫の爵位による。

未婚の令嬢の場合は、父親の爵位序列に準じた挨拶を受けられるが、正確に言えば、序列最下位で全員同列だ。

その中でも、当然皇女殿下はこの序列には当てはまらない。

皇族という貴族ではない彼女の序列は結婚するまで、皇族序列で数えられる。

そのため、現在の女性序列一位は皇妃陛下、次いで皇女殿下、そしてこの国の貴族序列一位であるリンドベルド公爵夫人であるわたしが第三序列になるのだ。

旦那様が言った、偉いというのは比喩でもなんでもなく、事実だ。

いくら血の繋がった家族でも、この序列はきちんと守るべきことなのだ。

凍てつくような鋭い眼光で父を捕らえ、旦那様は淡々とわたしの身分に対し説明していく。

しかし、道理を弁えていない家族に対して、一体どれほど理解してもらえるのだろうかと少し疑問になった。

彼らは、わたしを下だと見下し、上に立っているこの現状が我慢ならないのだ。

だから怒鳴り散らし、自分を誇示しようとした。でも、それは逆効果でしかないと、理解したはずだ。

黙っていると言っていたけど、どうやらあまりの耳障りな罵倒(ばとう)に旦那様の方が嫌気が差したらしい。

だいぶお怒りだった。

「少しくらいは頭を下げ、自らの行いを悔いているのかと思えば、本当に性根(しょうね)の腐った人種だったらしいな。私も少し甘く見ていたようだ」

「旦那様」

一応窘めてみる。

それで止まれば、初めから口出しはしてこなかっただろうけど。

「なんだ、リーシャ。言いたいことがあるのなら今言っておいた方がいいぞ？　なにせ、もう二度と会わないだろうから」

あー、さっきはベルディゴ伯爵家の面々に、まだ少し希望を残していたわけですか。確率的に会うことは限りなくゼロに近いけど、まだ会う可能性があったと。それを、二度と会わないと今決めたんですね。

「伯爵位は私が大事に預かりますよ、義父上。ゆっくり田舎で静養してください。既に手配は済んでおりますので。ああ、もちろん持病をお持ちの夫人と息女も共にお連れください。私もそこまで非道ではありません。ご家族が共にいた方が、お互い支え合って生きていけることでしょう」

事実上の社交界追放処分のうえ、田舎に隠居。いや、田舎に監禁の間違いかもしれないけど。

3人は、怒鳴り散らすことに効果がないと分かるや否や、今度は悲壮感を漂わせ、わたしを心配しているのだと訴える。

「公爵！　何をおっしゃっているのかお分かりですか？　このままでは、リーシャが、いえ、公爵夫人が社交界できっと笑いものになることでしょう。実の両親にこのような非道なことをしたのですから」

「家族をないがしろにして、そのような行いが社交界で受け入れられるとでもお思いなのですか？　それに、やはりわたくしはリーシャとの結婚を止めるべきだったと考えておりますの。そのようにお金をかけた姿で、なんてはしたないのでしょうか！　そのように贅沢する前にするべきことがあると言うのに」

それを言うのは、こっちなんだけど？

そのドレス、見たことないけど、有名デザイナーのものですよね？　宝石だって、わたしが見たことのないものを身に着けているってことは、新しく買ったんですよね？

領地が大変な時に贅沢品を身に纏(まと)っているのは、今も同じ。貴族としての体面を考えてのことだとしても、今の姿はあまりいい装いではない。

せめて、もっとしおらしくしていれば、わたしも旦那様ももっと寛大な気持ちになれたかもしれないのに。

旦那様も同じことを思っているようだった。

「全く、どれだけ言わせれば気が済む？　リーシャの格好がふさわしくない？　むしろ地味な方だ。彼女はこのリンドベルド公爵家の正妻。どれほど金を使っても使い切れないほどの予算があるが、必要最低限しか使っていない」

実は、ちょっと派手かな？　と思っていたけど、彼女たちの姿を見て、そんなことなかったと思った。

使っている素材は雲泥の差だろうけど、見た目だけならどちらが公爵夫人か分からないくらいの派手さ。

「お継母様、お姉様。こんなことは言いたくないのですが――いつも新しいものばかりお求めになり、古いものは嫌うのはいかがなものかと思います。ベルディゴ伯爵夫人が代々継承してきた装飾品の数々は、値段にできないほどの価値あるものばかりでした」

「あら、たいした値段ではなかったわ。どれも、古いものばかりで。そんなものに、どんな価値があると言うのかしら？　見る目がない代々の夫人の代わりにお母様が正しく価値のあるものをお選びになっているのよ」

「お姉様、見る目がないのはあなた方です。それに、たとえ今の時代に価値がなかったとしても、ずっと受け継いできたものなんですよ！　それは家の歴史なんです！」

「古い考えに固執して落ちぶれていく、典型的な考えだわ」

「それが、ベルディゴ伯爵家の考えだというのであれば、わたしはこれ以上何も言うことはありません」

自分の考えの方が正しいのだと、自分の過ちを絶対に認めない。

そうだ、いつもそうだった。

受け継がれてきた装飾品を売られた時、どれだけやめてほしいと言っても聞いてもらえなかった。たとえ価値がなかったとしても、そこには思い出があったのに。

母がわたしのために残してくれたものを。

旦那様がわたしの背を一回ぽんと叩く。話はもう終わりか、とでも言うように。

恨み言はたくさんあるけど、もうこれ以上何を言っても無駄だった。

「お父様、言っておきますが、本来なら全ての権利はわたしにあったことをお忘れなきようお願いします。正当な権利はわたしにあるんですよ。そうでなければ、皇帝陛下もお認めになるはずがありません」

旦那様がいろいろ小細工したけど、一応わたしにこそ正当性があるからこそ、認めてくださったのだ。

まあ、当然皇室側にも利がある。

皇女殿下の件の他に、借金の多い不良債権領地を引き取らなくてもよいということだ。

一昔前は戦争が絶えなかった故に、戦争功労者に渡すべき領地があった方がよかったが、現在では領地を与えるほどの功績はほぼない。

それでも、それなりの農地があればそこそこの税収は入ってくるが、ベルディゴ伯爵家の領地は既に破綻しかかっている。

いつかは黒字になるだろうけど、それがいつになるのか計算すると、十数年はかかるそうだ。

それに、黒字になったところで、結局そこまでの税収は望めないとくれば、手間暇かけてまで領地を管理したくないというのが皇宮文官たちの意向だった。

そのおかげもあって、今回の件は比較的あっさりと認められた。

もろもろの事情まで、父に話す必要はない。

ただ、既に皇室に見捨てられたという事実は、さすがに理解していると思っている。その裏にリンドベルド公爵家が関与しているのが丸分かりだったから、ここまでやってきた。

しかし、それも今日で終わりだ。

最後は旦那様が引導を渡すように、３人に言った。

「あなた方はいろいろと苦労されたようだ。そのせいで、感情的になっているようだ。今後お住まいになる場所の手配はしてあるので、そちらで過ごすことを勧める。ラグナート、全員連れていけ」

「畏まりました」

恭しく主である旦那様に頭を下げるラグナートの姿に、父の標的が変わる。

「ラグナート！　主を裏切り、のうのうとこのような場所で暮らしおって！　恥を知れ!!」

「――何か勘違いしていらっしゃいますね」

ラグナートは呼び鈴を鳴らすと、静かに語り出す。

「私の主は、リーシャ様です。主のいるところに赴くのが総括執事というものですよ」

穏やかに笑みを浮かべているラグナート。

だけど、一つ言いたい。今の主はわたしじゃないよね？　と。

「私の今の主は違いますが、それでも私にとって、今も昔も大事だと思うお嬢様はリーシャ様だけです」

当主でありながら、総括執事に認められていなかった父。それをきっと父は感じていた。

いつも母のそばにいた相手が、自分を受け入れるはずないと考えた。

もちろん、父のやってきたことは母には残酷な裏切りで、それを近くで見てきたラグナートはもちろん、邸宅の使用人だって父のことを敵だと思うようになるのは当然のことだ。

自分の行いを棚に上げて、裏切り行為を指摘する父の姿は昔の傲慢さのままなのに、今はなぜかむなしく感じた。

しばらくすると、部屋の中に従僕や邸宅を守る警備兵が入ってきた。

その姿を見て、ようやく現実を思い知ったのか、姉が縋りついて両手を祈るように胸の前で組んだ。

「嘘でしょう？　ねぇ、家族じゃない。きっと誤解してるのよ、リーシャ。みんな、あなたのために厳しく言ってきただけなのよ？　子供のあなたを教育するためには少しくらいきついことを言うのも仕方ないじゃない？」

「そうですね、お姉様の言うことも一理あります」

確かに、子供のしつけに厳しく言い聞かせることはある。

しかし、それが本当にしつけなら、の話だ。

「じゃ、じゃあ！」

「でも、わたしが必要だと思うことは全てラグナートから学びました。ただ、怒鳴り叩くだけの家族じゃなくて、本当に親身になってわたしを教え導いてくれたのは、父でも継母でもなければ、当然お姉様でもありません」

わたしの家族はラグナートだけだった。

結婚して、いろいろなことが変わったけど、ラグナートはわたしにとって家族のままだ。

「最後くらいはお見送りいたしますよ」

客を見送るのも総括執事の仕事の一つだけど、邸宅の外に追い出すあいだ大丈夫かと心配になる。

この調子では、きっと暴言を吐かれるだろうな、と。

「義理の父親を見送るのだから、私も一緒に行こう」

それを察してか、牽制のつもりで旦那様も立ち上がり、同時にわたしの肩に手を置く。

顔を上げると、旦那様が従僕に命じて3人を追い立てるように促していた。

来なくてもいいという合図なのは、分かった。

「お父様、お継母様、お姉様、お元気でお過ごしください。きっと旦那様がお住まいの方は気を使ってくださっていると思いますので、快適に過ごせると思います」

旦那様曰く、西の方の領地にある有名な静養所らしい。

いろいろな貴族が、さまざまな理由で入れられているんだとか。

無理矢理連れ出される家族に、わたしは最後に頭を下げた。


ぼんやりと、窓の外を眺める。

家族が邸宅の外に連れ出されてから、門まで続く道を眺めていた。

彼らは最後まで何かを訴えていたけど、旦那様は容赦なく馬車に乗せ見送っていた。

「薄情なのかな……」

ぽつりと零す。

血の繋がった家族から全てを奪い取り、見放すように追い出した。

人によっては、冷血だと言うかもしれない。

「人の評価は今さらか」

結婚前も結婚後も、いろいろ言われているのは知っている。

それを放置しているのは、いちいち言い返すのも面倒だったから。

結婚前は領地のことで手一杯でそんな噂は気にかけていられなかったし、結婚後はだらだらした生活をしたかった、ただそれだけだ。

「なんか、人生計画がずれてる気がする……」

正確には結婚生活計画かもしれないけど。

どうしてこんな風になったのか、あらためて考え出した時、部屋の扉が開かれた。

入ってきたのは旦那様だ。

「あの、この邸宅の主は旦那様ですけど、一応この部屋の主はわたしなんでせめてノックぐらいしてください」

「ノックしたが、返事がなかったから心配したんだ」

あー、すみません。考えごとしてました。

「特別心配されることはないですけど」

旦那様に窓際の席を勧めて、自分も対面に座る。そしてあらためてお礼を口にした。

「今回の件、ありがとうございました。いろいろと骨を折ってくれたようで、感謝しています」

「こういう時に権力は使わないとな、奥様？」

確かに、まさか皇帝陛下さえも動かすとは思わなかった。旦那様だからできる手段であって、普通はできない。

「でも、皇女殿下の件はよかったんですか？　ミシェルが嘆いてましたけど」

「もともと、無期限の謹慎処分だったところが期限付きになっただけだ。謹慎処分にまでなったのに、君に突っかかってくることはもうないだろう。もし次また何かしたら、今度は堂々と処分できるからな」

「しょ、処分……」

さすがです、旦那様……。

「贅沢して暮らしたいのなら、一生結婚しなくていいのではないか？　社交界の笑いものになるがな」

皇女殿下が旦那様と結婚したかったのは、旦那様の財力があってこそ。

我慢することなく欲しいものはなんでも買える皇族という身分から、我慢しなければならなくなる可能性が高い臣下との結婚。

生活環境を変えたくないのなら、結婚しない方が結婚相手のためでもある気がする。

「人は暮らしている生活環境に慣れていくものですよね……」

「普通はな。ただし、贅沢に慣れた人間が我慢を覚えるのは相当苦労すると思う」

「ですよね」

これはわたしの家族にも言える。何も初めから彼らが贅沢を満喫していたわけじゃない。

はじめは、食事だったり、少し綺麗なドレスだったり。それが次第に要求が増え、贅沢に慣れていった。

「我慢できずに欲しいものは大金を払ってでも手に入れる、それは一種の病気だ。そんな病気持ちの人間に治められている領民が哀れだな」

「領主として、旦那様は父をどう思っていましたか？」

「無能なクズ、同じ貴族として吐き気がするほど嫌悪する。まだロザリモンドの両親の方がマシだ」

殺伐としていても、領主としてやるべきことはやっているから、まだマシということらしい。

でも、本当に好き勝手言いますね。一応わたしの親だけど。

だけど、旦那様の言葉に少しだけほっとした。

うん、あれはもうどうしようもなかったんだと、気持ちを切り替えよう。

「前から思っていたが、父君に君は似ていないな」

「わたしは完全に母親似です」

まじまじと見られて、少し面映(おもは)ゆい。

「君の母上が美人だったと聞いたことがあるが、きっとそれは真実だったんだろうな」

本当に、最近の旦那様は何があったのか聞きたい。

冗談ではなく、こういうことを言われると、どう返していいのか分からなくなる。

「わたしの記憶の中の母は、儚（はかな）いって言葉が似合います。ベッドの上で寝たきりで……でも、美人だったと思います……ところで旦那様。わたしに何か言いたいことがあるんじゃないんですか？」

何もなくただ旦那様が訪ねてくるとは、考えにくい。

強引な話の転換は、別に話を変えたかったわけじゃないから！

「大した用事じゃないが、頼みがあると言っただろう？」

そういえば、そうだったと思い出す。一体何を要求されるのか、あえて考えないようにしていた。

「言っておきますが、できることとできないことがありますからね？」

「できるかできないかは、リーシャの心一つで変わるな」

一体なんだろうかといぶかし気に見ると、旦那様は少し言いづらそうだった。

いつもならスパッと言ってくるのに、なかなか言い出さない。

そんなに言い出しにくいことなのかと、少し身構えると、ようやく旦那様が口を開いた。

「え？」

静かな要求だった。

2人きりの部屋の中で、旦那様の声を遮るものは何もない。それなのに、一瞬聞き逃しそうになるほど、小さな声。

しかし、それは確かにわたしに届いていて、思いがけない要求に目を見開いた。

なぜか旦那様が気まずそうにしていて、それが逆に新鮮だった。

旦那様がわたしへ言った、その要求。

それは、名前で呼んでくれという意外なものだった。

名前、それは個人を特定するものであり、名称でもある。

そういえば、わたしは旦那様を名前で呼んだことがあっただろうかと考えた。

うん、一度か二度くらいは呼んだこと……たぶんある、うん、おそらく。いや、あったかな……。

特別不自由していなかったし、旦那様自身何も言わなかった。

「先に言っておくと、君は一度も私の名を呼んだことはない」

「そ、そうでしたっけ？　一度くらいはあった気が……」

「ない」

旦那様に断言されてしまった。

いやー、確かに記憶のある限りない気もしますけど、でもどうして突然と思わなくもない。

ただ要求が意外と大したことないと思って、少しほっとする。

「ええと、名前で呼ぶくらいは大丈夫ですけど……」

「では今後は名前で呼んでくれ」

「一つ確認したいんですけど、どうして突然名前を？」

もし気になっていたのなら、既に何か言ってきていてもおかしくない。

結婚してだいぶ経つのに、このタイミングで何かあるのではないかと勘繰ってしまう。

「特別な理由がないとダメなのか？」

逆に問われて、わたしは指を頬に当て考える。

夫婦だし、名前で呼ぶのは普通だ。むしろ、わたしの呼び方の方が少数派。

「いえ、特別な理由は必要ないでしょうね。でも、わたしは気になるんですよ。旦那様が突然何か提案する時は、その裏に何か隠れているんじゃないかって疑ってしまって」

「私をなんだと思っているんだ」

呆れ顔の旦那様が、深くため息をついた。

「リーシャが疑い深くなるのも分かるが、ここ最近は何もしていないだろう。むしろ、好意的に接しているつもりだが？　まあ、あえて言うのなら、もう少し親密度を上げていこうと思った」

「名前で呼ぶと親密度が上がるんですか？」

「少なくとも、もっと身近に感じるだろう？　旦那様では、いまだに夫として認められていないように感じていた」

そんなことないんだけど……。

「それに、ベッドの中でも〝旦那様〟と呼ぶ気か？　さすがに遠慮したい」

「はい？」

ニヤリと口角を上げて、旦那様が言った。

「ベルディゴ伯爵家を継ぐ子供を産まなければならなくなったと、自覚しているか？」

「あ、あれは……まあ、無理なら国に返還するっていう感じで……」

「どうして試してもいないのに無理だと結論付ける。それは、私とは生理的に無理ということか？　さすがにそれは少し傷つくんだが……」

旦那様が静かに立ち上がり、わたしの方へ近づいてくる。椅子の背に手を置き、ぐっと顔を近づけてきた。

「ほんの少しも、私には希望がないのか？」

窓から差し込んでくる夕日が、旦那様の髪を照らし、真剣な深紅の瞳が妖しく輝く。

「わ、わたしは……」

「家庭環境のせいで一歩進めないのは分かっているが、一歩くらいは踏み出してほしい。これでも結構努力してるつもりだが、まだ信用してもらえないのなら、むしろどうすればいい？リーシャは私にどうしてほしいんだ？」

そんなこと突然言われても、よく分からない。

本当は、信用できないと言い訳しているのは自分だと気付いていたけど、それを認めれば、その先のことを考えないといけなくなる。

未来を考えるのが怖い。

わたしは返事をすることもできずに、黙って俯いてしまう。

旦那様の瞳を見られなかった。

静寂が部屋を満たし、わたしが何か答えなければと考えていると、膝の上の影が動くのを視界に捉え、同時にやさしく髪を梳くように頭を撫でられた。

「悪かった。そんなに悩むなんて思わなかったんだ」

「そんな、ことは……」

ゆっくり顔を上げると、今度は肩を抱きしめられた。

旦那様の心臓の音が、やけに大きく聞こえてくる。

「こういう触れ合いは、本当は気持ちが悪かったか？」

「だ、大丈夫です」

時々意地悪するかのように旦那様が手を出してくるけど、嫌ではなかった。

でもそれは、子供同士のじゃれ合いのようなものだ。

わざと旦那様が、そういう雰囲気で接してくれていた。だから、わたしも悪態をつきながら、本気で嫌がったことはない。

しかし、今は甘いと感じる触れ合いに、緊張して身体が強張った。

夕日のせいか、顔がやたらと熱い。

「すみません、慣れていないんです。いろいろと……」

「甘えていいぞ？　思う存分。リーシャの１人や２人受け止めるくらいの度量はある」

「でしょうね」

ゆっくりと身体から力を抜き、旦那様の肩口にこてんと額を押し付けた。

「本当のところ、わたしにもよく分からなくて。自分の気持ちなのに、どう表現していいのか……」

「初恋なら、なおさら戸惑うだろうな」

…………ん？

何かおかしい言葉が聞こえてきた。

思わず顔を勢いよく上げて、旦那様に確認してしまった。

「は、初恋？」

「違うのか？　どう見ても君が私に恋しているようにしか見えないが？」

「はいぃ!?　どこからそんな想像力たくましい答えが？」

「顔、真っ赤だぞ」

ハッとして手で顔を隠そうとする。

「ち、違います！　夕日のせいで赤くなっているだけです!!」

必死なわたしの弁解を、分かった分かったと軽く流す旦那様。

「それなら隠さなくてもいいな？」

「恋かどうか、ミシェルあたりに相談してみればいいじゃないか？　男だが恋バナ好きだって言っていたからな」

「聞いた瞬間、面倒なことになりそうだから絶対嫌です」

今でさえ、いろいろ疑っていて面倒なのに。

これ以上、ミシェルが面白がるようなネタを提供したくない。

「その辺はもうしばらく待つが、とりあえず名前は今からだ」

「その辺ってどの辺ですか!?　別にわたしは恋とか恋とか初恋とか、してませんので答えを待たなくて結構です！」

「名前は？」

一向に名前を言わないわたしにしびれを切らして、旦那様が語尾を強めた。

わたしはなぜか、旦那様の顔を直視できなかった。

期待しているかのような旦那様の瞳が、早く呼べと言っているように感じ、先ほどまで名前くらいどうってことないと思っていたのに、今は緊張していた。

ものすごく恥ずかしい儀式を強要されているような気分になり、わたしは恥ずかしさを誤魔化すように大きな声で、顔を背けながら言った。

「クロード様！　これでいいんでしょう!?」

自棄（やけ）になりながら、叫ぶと、首筋に旦那様の髪が触れた。

「ちょ、ちょっとなんですか！」

旦那様の頭が肩に乗せられ、何事かと慌てる。

「いや、なんというか――、かわいいな？」

「馬鹿にしてます？」

「どうしてそう、ひねくれる。素直にかわいいと言っただけだ」

肩から伝わる振動は、旦那様が笑っているのを伝えてくれた。これで馬鹿にされていないと信じる方が、どうかしてる。

しばらくすると旦那様が身体を起こし、ようやく腕の中から解放された。

「この先もその調子で名前を呼ぶんだぞ？」

「努力します」

努力はするけど、慣れてしまった呼び名を突然変えるのが難しいことは理解してほしい。

「クロード様、今日は本当にありがとうございました」

本当に、いろいろと。

「たまには、いいところも見せないとな」

旦那様が身を屈め、こめかみに口づけた。

いつもなら、やめてほしいと心の中で叫ぶところだったが、今回の触れ合いは心地よくて、自然と受け入れていた。

風が気持ちいいわ……。

庭園の東屋（あずまや）でお茶を飲みつつ、ぼんやりする。

昨日はいろいろありすぎて、ちょっと疲れていた。

今日くらいは何もしなくても、きっと誰も何も言わない！　だって、誰が見たって家族とは決別して、落ち込んでいる——そう見えるはずだから。

実家の3人は、結局馬車に押し込まれても、現実を受け止めきれなかったようで、初めは馬車の中から御者や護衛——というか見張りの騎士たちを罵倒していたけど、最終的にはお互い同士で罵り合っていたと戻ってきた人たちに聞いた。

なんか、すみません。嫌な仕事を押し付けて。旦那様に言って特別手当出してもらうからね。

そんなわけで、本日は休養という名のさぼりを実施して、久しぶりすぎる堕落を満喫していた。

というか、なぜか結婚してから、どんどん忙しくなっているなとあらためて考える。

むしろ、結婚当初の方が暇なぐらいだった。

公爵夫人として扱われていなかったけど、あれはあれで楽しかったし、満足していた。

「どうしてこんな風になっちゃったんだろう……」

生きているのだから、日々変化していく営み。

そして、人との関わり。

今が嫌というわけじゃない。ラグナートと2人だった時に比べれば、今の方が断然いいとは思ってる。

美味しいごはんを食べて、おしゃべりできる友達ができて、一番の驚きは結婚して夫ができた。

果たして、わたしが旦那様を男として見ているか、という問題はひとまず置いておくとして、わたしは現在一番頭を悩ませる事柄に、盛大にため息をついた。

「ミシェル、リーシャ様は先ほどから一体どうしたのでしょうね？」

「さぁ？　でもまるで恋する乙女みたいにぼんやりしてますから、きっとクロード様関連で悩んでいるんだと思いますよ？」

……いつからいたのよ、2人とも。こそこそ話しているなら、せめてもっと距離を取りなさいよ。

丸聞こえですけど？

「あ、リーシャ様がやっと僕たちに気付きましたね」

「あら、もう少し密偵ごっこを楽しみたかったですわ」

なんですかね、その密偵ごっことは。

生垣に隠れているのかいないのか、判断に苦しむ微妙な場所にいる時点で、隠れる気ゼロと言ったところ。

むしろ、わざと見えるように隠れていたと言った方が正しいか。

無視して、何事もなかったようにしようかと考えていると、ミシェルがわざとらしくロザリモンド嬢に話し出す。

「なんでも、クロード様がリーシャ様に何かお願いごとをされて、それが受け入れられたとか！　クロード様、すっごいご機嫌そうに執務室に入っていきましたよ」

「そのお願いごととは何かしら？」

「さぁ？　そこは分かりませんけど、きっとご夫婦でするようなことではないかと」

「まあ！　それはクロード様もお喜びに――」

「いい加減にして、こっちに来たらいかがでしょうか？　２人とも！」

黙っていたら、どんどん過激な妄想を呼びそうで、わたしは無視することを諦めて睨む。

「ミシェル！　ロザリモンド嬢を悪の道に引きずりこまないで！　由緒正しい領主一家のご令嬢なんだからね！」

「え、それひどい差別ですよ。僕だって、由緒正しい侯爵家令嬢だったのに」

「ロザリモンド嬢も、ミシェルに近づきすぎると悪影響ですので、距離を取って接してください」

「問題ありませんわ、ミシェルといると新しい知識を教えていただけますもの」

その新しい知識が問題だって言ってるんだけど、分かってくれてるのかな？　いや、分かっていないな、きっと。

「ロザリモンド様に教えてほしいと言われて教えてるだけなのに、どうして僕だけ悪役なんでしょうね？」

普段の行いをぜひ考えてほしい。

「それで、リーシャ様は一体クロード様に何を言われたんですか？　ぜひ相談に乗りたいなぁ」

「相談に乗りたいんじゃなくて、煽りたいの間違いじゃない？　わたしは昨日家族と決別して落ち込んでいるので、一人にしてください」

「リーシャ様、そういう顔には見えませんでしたよ。あえて言うなら、乙女の思案顔」

「どんな顔よ、それ」

「恋する顔ってところでしょうか？　ついに自覚でもしましたか？」

にこにこではなくニヤニヤと笑うミシェルに、ちょっと苛立った。

何もなかったといっても無駄ですよ、と言われているようだ。

「ロザリモンド嬢、お茶いかがですか？」

「いただきますわ……ああ、でもわたくしが注いでもよろしいでしょうか？」

「構いませんけど……」

「最近、少し侍女のお仕事を学んでいるんです。いつ必要になるか分かりませんから、この間のように」

「あの、あれは特殊事例と言いますか……令嬢が学ぶべき知識ではないと言いますか……」

本人がやりたいというならば、止めはしないが、その技能……学んで活かせる機会があるのか謎だ。

「なんだ、今日はにぎやかだな」

背後から聞こえてきた声に、一瞬肩が揺れた。

落ち着けと心の中で唱え、ふと正面にいるミシェルと目が合うと、ニマニマと気持ち悪い笑みが向けられた。

いつかミシェルが結婚する時、絶対相手にミシェルの悪行を吹き込みまくると心に決めながら、空いている席に座る旦那様に顔を向けた。

今日はなぜか、千客万来。人に会いたくない時に限って、人が集まってくる。

しかも、今一番会いたくない人物がやって来た。

「クロード様もいかがですか？」

「実験台か」

ロザリモンド嬢が旦那様にお茶を注ぐと、何も言わずにそれを飲む。

「こんなものか」

「練習中ですもの。もっと上手くなって、次回は完璧な侍女になってみせますわ」

目指すところはそこじゃない。

「ところで、何か用ですか？」

旦那様の視線を感じ、また何か企んでいるのかと胡乱（うろん）な眼差（まなざ）しになった。

「いや？　あると言えばあるが、ないと言えばない」

「どちらですか？」

「やだなぁ、リーシャ様と一緒にいたいってことですよ！　ところでクロード様、昨日リーシャ様に何を頼んだんですか？　リーシャ様は教えてくれそうもなくて」

心底楽しそうに尋ねるミシェルに、わたしは絶対に言うなと眼力を込めて旦那様に圧力を加えた。

旦那様はわたしの圧力に気付きながらも、素知らぬふりで肩をすくめた。

「別に、名前で呼んでくれと言っただけだ」

その瞬間。

シンと静まり返るミシェルと、口をまあ、と固定させたロザリモンド嬢。

「……えっと……、それだけ？」

「それだけだが、何か問題か？」

「え？　ちょっと本当に？」

「ミシェル、何が言いたいの？」

困惑しているのか、微妙な反応のミシェルをわたしがじろりと睨む。

「え、だって――、リーシャ様の様子からもっとこう、すごいこと要求されたのかと思って……っていうか！　なんで名前？　名前呼んだことなかったんでしたっけ？　うわー!!　なんか、こっちがすごい恥ずかしくなってくる!!　なんですか、その付き合いたての恋人みたいな会話は！　名前呼んでほしいって、どこの新婚ですか!?　いやお２人は新婚ですけど！」

「初々しくてよろしいじゃないですか、新婚ですし」

「えぇ！　本当に、素晴らしくむず痒い！　なんていうか、名前呼びに対して悶々と恥ずかしがってるとか、リーシャ様、純情すぎじゃないですか？」

見てるこっちが恥ずかしい！　とかミシェルが騒いでいるけど、わたしだって恥ずかしい。

そもそも、普通名前って、そんなに気軽に呼べるものじゃないし！

「ミシェル、もうやめておけ。リーシャが本気で怒り出すぞ」

「だってクロード様、リーシャ様、かわいすぎ――……」

ぷくくって肩を震わせて笑うミシェルに、わたしは手に持つ扇を投げつけた。

「おわっ、ひどいなぁリーシャ様」

飛んできた扇を軽々と手に取り、弄ぶように振り回す。

「べ、別に名前くらいで恥ずかしがったりしないし！　旦那様の名前くらい気軽に簡単に呼べますし！」

「え、じゃあ呼んでみてください。ぜひ、平然と普通に友人を呼ぶように――いや、夫を気軽に呼ぶようにでしょうか？」

旦那様はミシェルにやめるように言っておきながら、どこか期待を持った様子でわたしを見てる。

ロザリモンド嬢もわたしの反応を眺めて、ミシェルは完全に楽しんでいた。

「名前呼ぶ用事ないですし」

「用がなければ、名前を呼んじゃいけない決まりないですけど？」

ほら、早く！　聞きたいなぁってミシェルの目が輝いている。

ここで言わなければ、この先ずっとミシェルの微妙に生ぬるい視線が続いていく。それを阻止できるなら、名前くらい言える。

そんなに聞きたいのなら、言ってあげましょう！　そうですとも、別に名前呼ぶくらいどうってことないし！

そうだ、別に特別なことするわけじゃない。

わたしは背筋を正し、すまし顔で恥ずかしくもなんともないですからね！　と心の中で呟きながら、旦那様の名前を口にした。

「クロード様」

風の音すら聞こえない静寂が、その瞬間訪れた。

旦那様が口元を手で覆いそっぽを向き、ミシェルに至っては両手で顔を覆っている。

その反応に、逆にわたしが恥ずかしくなった。

どうして誰も何も言わないのよ！　ミシェル、こういう時こそ出番でしょうよ!!

「……僕は……甘く見てました」

重々しくミシェルが言う。

「人の甘酸っぱい恋路は大好きですけど、目の前でやられると身の置き場がないって初めて知りました。なんてことのないような態度で、頬を染めて相手の名前を言うって、どう思います？」

ミシェルはいつになく、真面目に言った。

真面目に返されると、どう返していいのか分からなくなる。

「言い慣れれば、大丈夫だろう？」

旦那様、肩が震えていますけど？　我慢せずに笑ってください。むしろその方がいいですから！

「かわいらしくて、よろしいと思いますよ」

３人の中で、ロザリモンド嬢が一番マシな感想をくれたけど、慰めにはならなかった。

しばらくは名前でなんか呼ばない！

そう誓って、ふんと顔を背けた。

7章　三食昼寝付き、夫婦喧嘩は歩みの一歩

心地のよい日差しが降り注ぐ朝。

わたしは旦那様と向き合って朝食をとっていた。

朝食だけじゃない、食事の席はいつの頃からか共に食べることになった。

どちらかが何か言ったわけではなく、自然とそうなった。

朝からしっかり食べる旦那様とは違い、わたしは軽く済ませることが多い。もともと旦那様とは体格も運動量も違うので、それは当然とも言える。

会話はそんなに多くはないけど、お互い今日の予定くらいは確認し合う。

とは言っても、わたしはほとんど邸宅から出ずに、帳簿を確認したり、ごろごろしたりするだけだけど。

そのせいか、旦那様からは特に何か聞かれることはない。どちらかと言えば、旦那様の予定を聞かされる感じだ。

でも、今日はちょっと違う。

「午前中に外出すると聞いたが、誰かに茶会でも招待されたのか？」

「いえ、たまには外で買い物をしようと思いまして」

珍しいものを見るかのように旦那様がわたしに視線を向けた。

そう。今日は朝食後、身支度を整えたら外出する予定なのだ。

あまりにも珍しいわたしの行動に、旦那様は一瞬何か探るような視線を向けてきて、ちょっとどきりとする。

「なるほど、外出してまで欲しいものが？」

普段は店側が邸宅に来ることが多い。外に出て買い物するには旦那様は有名すぎて、面倒らしい。あと、普通に忙しいからというのもあるけど。

「たまにはわたしも外に出ないと。ミシェルにも言われたので」

「ミシェルに？」

「たまには外に出た方がいいですよって。まあ、いろいろありましたので気分転換に買い物でもと」

数日前に実家のことで、いろいろあったのは事実で。

旦那様も納得したようで、深くは聞いてはこなかった。

「危険はないと思うが、気を付けて行ってこい。支払いは――」

「ラグナートから支払いのことも聞いてますので、大丈夫です」

わたしが旦那様の言葉尻に重ねるように言うと、旦那様が怪訝そうにこちらを見てきた。

――あ、やば。ちょっと焦りすぎたかな？

わたしは若干背に汗を感じながら、何事もないように笑みを浮かべた。

「……珍しいくらいに行動力があるが、まあ楽しんでくればいい」

「だん――……クロード様のご予定は？」

一瞬、いつものくせで〝旦那様〟と言いそうになって、相手の目が咎めるような光を帯びた。

その目は、いつになったら〝うっかり〟呼ばなくなるのかと問いかけていた。

わたしは誤魔化すように微笑む。すると、旦那様は諦めたように目を伏せた。

「……今日は何事もなければ邸宅にいる予定だが、何かあるのか？」

「いえ、特には。ただの確認です」

旦那様は訝しげな顔をしながらも、わたしの行動を止めることなく朝食の会話は終了した。

　朝食後に出かける支度をしたわたしは、ミシェルを護衛にして、なぜかわたしの世話係に名乗りを上げたロザリモンド嬢を付き人として、２頭立ての馬車に乗り込んだ。

正直、一人で出かけたい気持ちでいっぱいだったが、護衛を連れて行くのはある意味義務。

そして、現在わたし専属はミシェルしかいないので、仕方がない。

仕方がないけどさぁ！

馬車の中で、正面に座るミシェルの顔を見ると、こめかみがピクリと動きそうになる。だけど、強く言えない。なにせ、こちらの弱みを握っているのはミシェルの方だから。

「何か？」

「いえ。僕をだしにしてまで、普段出不精(でぶしょう)のリーシャ様が珍しく出かけるので、僕も嬉しくて」

はい！　絶対、他に言いたいことありますよね!?

輝かしい笑顔は、外出できることが喜ばしいと語っている顔ではない。

「そう？　別に普段から自由に外出してもいいけど？　わたしは旦那様みたいに悪魔のように人をこき使うつもりはないし、邸宅内は危険はないでしょう？」

ミシェルの顔を見て、こちらもにっこりと笑みを浮かべ応戦する。

相手が何を言いたいのか、理解しつつも、あえて何も気付かないふりをした。そしてわたしは、ぜひその素晴らしく回る口を閉じておいてほしいと願っていた。しかし、当然ようにその祈りは届くわけがない。

「やだなぁ、リーシャ様。僕が喜んでいるのは、リーシャ様がクロード様のためにわざわざプレゼントを買いに行くからですよ！　今までのリーシャ様からは考えられない行動に、僕は本当に嬉しくて」

まるで日々の成長を喜ぶ親のようにミシェルが言った。その目はキラキラ楽しそうに輝いていて、楽しいことを見つけた時の顔つきだ。

まったく！　どうして大人しく口を閉じていられないかなぁ！

と思いながらも、それを言えばミシェルを喜ばせるだけなので、なんとか冷静に返す。

「別にプレゼントじゃないですけど？」

「クロード様への贈り物は否定しないんですね」

……うるさいな！　もう、別にいいじゃない！

言い返している時点で図星(ずぼし)なんだけど、それを認めたくなくて最終的に口を閉ざしたのはわたしの方だった。

そう――……本日は自分の物を買いに行くのではなく、旦那様へのプレゼントを買いに行くための外出。

そのため、こっそり出かけたかったけど、こそこそしている方こそ旦那様にはバレそうなので、一応堂々と外出する旨だけは伝えた。

ミシェルをだしに使ったのは悪かったけど、ああでも言わないと勘のよい旦那様が何かを嗅(か)

ぎつけそうだし！

そう思いながら、わたしは唇を尖らせてミシェルにもごもごと言い返した。

「こ、この間、実家のことでお世話になったし……お礼くらいは必要だと思うわけで……」

先日、実家のことで旦那様には大変お世話になった。

旦那様と結婚する際、いつか実家の人間が迷惑をかける日が来るかもしれないとは思った。

いや、ほぼ間違いなく迷惑になると分かっていた。旦那様だって、それは考えていたはずだ。

それでもわたしとの結婚を望み、わたしはそれを了承した。

だから、いつかその時が来ても、旦那様は上手く処理すると思った。

実際、旦那様は見事に実家の人間を撃退してくれて、二度とわたしに会わないようにさえしてくれた。

全て了承済みだったとしても、やはり実家の人間が旦那様に迷惑をかけた事実は、わたしにとって申し訳ない気持ちにさせた。

それに、いろいろ手を打ってくれたわけだし。

一応旦那様が望む報酬は支払ったわけだけど……。

それが、名前で呼ぶってことだけというのも、なんか落ち着かない。

というわけで、こうして珍しく外出しているのは、旦那様へ何かお礼になるようなものを渡せたら――ということだったんだけど、ミシェルやロザリモンド嬢の他に、ラグナートたちが生温くわたしを見てくるのだ。

深い意味はないと言ったら、余計に何か突っ込まれそうだから何も言わず沈黙を保っていたけど、ミシェルの顔を正面から見ていると、なぜか無性に睨みつけたくなった。

いや、睨みつけたけど、それさえもミシェルは軽く受け流す。

「いやぁ、リーシャ様はかわいらしいですねぇ。まだ若いからでしょうか？　その初々しさにクロード様も翻弄されてるんですねぇ」

そろそろ黙りなさいよ、ミシェル！　それに、むしろ旦那様のせいであっちこっちで翻弄されているのは、わたしの方なんですけど！

ミシェルとの気軽い関係は楽だけど、余計なことを言うところが玉に瑕だと思う。

ミシェルがわたしと旦那様の関係をどうにかしたいと思っているのは、わたしにだって分かっているけど、周りからあれこれ言われると反発したくなる心理、分からないかなぁ？

わたしを心配して言ってくれているのだというのも分かっているんだけど……だけどだよ？

ミシェルの言動に遊ばれている感じがするから、素直に従えないんだよ！

「ところで、リーシャ様は何を購入される予定なのでしょうか？」

隠すこともないような満面の笑みを浮かべているミシェルの横から、ロザリモンド嬢が尋ねてきた。

もしミシェルが尋ねてきたら、絶対に無視を決め込んだ。

しかし、ロザリモンド嬢の穏やかな声音は至極真っ当な質問をしていたので、わたしも気負わず答えられた。

「どちらのお店に？」

「何を、と特別決めているわけではないのですが、いいものがあればと」

「旦那様が好んで使っている宝石商のお店に、行こうかと思っています」

「ちなみに、予算はいかほどですか？」

ミシェルがさらりと訊ねてくる。その裏にはお金の出どころがどこか、ということも含まれていた。

実際、旦那様から支給されているわたしへの予算で贈り物を買うのもおかしな話だ。そこで、ラグナートに相談したら、あっさりとお小遣（こづか）いをくれた。

一体どこから出てきたお金だと思ったら、そのお金はもともとベルディゴ伯爵家の母の財産の一部だそうだ。

幼いわたしに財産をそのまま渡せば、自分の死後、夫であり、わたしの父に奪われる可能性があると案じた母が、ラグナートに託していたとのこと。

ラグナートはわたしの結婚直後に話そうと思っていたらしいけど、のびのびになってしまったと謝罪された。

そのことをミシェルに伝えると、なるほどと頷いた。

「あまり悪く言うのもあれですけど、僕でもラグナートさんに託すと思いますよ」

「わたくしもそうですわね」

2人の言いたい気持ちも分かる。

なにせ、家族との決着をつける現場を見ていたのだから、ベルディゴ伯爵家の家族がどんな俗物だったかはよく分かったことだと思う。

「それで、どういったものをお買いになるんですか？」

「個人的には、小物類かなと思ってるんだけど……」

「身に着けられるようなものがいいですね。カフスボタン、ブローチ、タイピン……男性への贈り物ですと、このあたりが王道です」

「旦那様の好みって、よく分からないから困るんだよね……」

旦那様のイメージ色と言えば深紅だし、やはりリンドベルド公爵家を象徴する色だけあって、赤い色味のものが多い気がする。

だけど、それは好みとかの問題ではなく、〝象徴〟する色だから。

旦那様は柔軟な思考を持っているけど、伝統は伝統としてきちんと意味があるものだと一定の敬意も持っている。

あ、もちろん。意味のない伝統には相当嫌味が止まらない性格だけど。

「よく身に着けている赤系の小物じゃあ、ちょっとつまらないよね？」

おしゃれに関しては、わたしよりもずっと詳しいミシェルに意見を求める。

すると、ミシェルは肩をすくめて苦笑した。

「僕に意見を求めるのもありですけど、せっかくならリーシャ様がクロード様に似合うものを選んだ方がいいと思います」

「ミシェルの方がセンスいいじゃない」

「センスがいいとかではなく、お礼の品ならご自分で選ばないと意味ないじゃないですか」

助言はするけど、積極的に商品を選ぶのに関わる気はないと先に釘を刺された。

なんでよ。いつもなら、嬉々として参加してくるのに！

まあ、でも……。

ミシェルの言うことが正しい。お礼の品なのに、他人に任せるのは確かにいただけないと思う。

自分だったらと思うと、きちんと選んで贈ってくれた方が嬉しい。

旦那様はどう思うか分からないけど。

「リーシャ様が贈れば、なんでも喜んでもらえると思いますわ」

「そうだといいんだけど……」

もちろん、旦那様は礼儀知らずではないので、何をプレゼントしても一応は喜んでもらえるとは思う。内心はどう思っていようとも、お礼くらいは言ってくれるはずだ。

でも、できれば表面上だけではなく気に入ってもらえるようなものがいいと思うのは、少し欲張りなのだろうか。

「なかなか夫婦らしくなってきて、僕は嬉しいですよ」

だから！　別に夫婦とか関係ないでしょう！　お礼なんだから!!

なぜか頬が熱くなってきていたけど、それは怒っているせいだと自分に言い聞かせた。

目的地は、皇都の大通りに面した小さな店舗だ。正直、パッと見た感じでは何の店か分からない。だけど、それがまた一見様(いちげんさま)お断りの雰囲気を醸(かも)し出していた。

馬車が店の前に到着すると、わたしはミシェルの手を借りて馬車から降りる。

そして、目の前に構えている店を正面から捉えた。

なんというか、独特な雰囲気にちょっと気後れするんだけど……。

いくつもの店が並んでいる中で、地味ともいえる店構えに、入っていいのかどうか戸惑ってしまう。

なんか分からないけど、圧を感じるよ！

「わたし、お断りされないかな？」

こっそりと呟き、さり気なくドレスを確認。

本日は社交に出るわけではないので、そこまで気合の入ったドレスではない。

だからと言って、社交の時のようなきっちりしていることもなく、遊び心も含まれている絶妙なラインのドレスだ。

若草色のドレスはふんわりと広がり、後ろの大きめのリボンがかわいらしいスカートだけど、上半身は美しい刺繍(ししゅう)とレースで大人びている。

首元と耳を飾る装飾品は、小さいながらも美しいエメラルド。

格好はきっと問題ない！

「きょろきょろ不安そうにしている方が逆に怪しいですから、初めて会った時の女神のような笑みで堂々とした方がいいですよ、リーシャ様」

「うるさいわよ、ミシェル」

本性は小心者なのよ、ミシェルと違ってね。

でも、ここで引き返したら、旦那様を誤魔化してここまで来た意味がなくなる。

わたしは身体にグッと力を入れた。

「わたしだって、やればできるのよ」

「そうそう。その意気ですよ、リーシャ様」

ミシェルが一歩先に歩き出し、わたしとロザリモンド嬢がその後ろについて行く。

店の扉を開くと、ちりんと小さな鈴の音が響く。

入ってすぐ、高級感のある絨毯（じゅうたん）がやわらかく足を包み込む。

店内はまるで別世界に来たみたいな、明るい光がキラキラと舞っていた。

うわぁ、すごい！　店の外観は地味にも思えたのに、内装はすごく華やかかつ、品よく纏まっていて……あ、あの絵画、なんかどこかで見たことがあるような……。

成金（なりきん）みたいな煌びやかな内装ではなく、いかにも上流階級でも最上位の人間しか来ないような落ち着いた店構えに感心しながら、物珍しそうにしているミシェルを振り返る。

「ミシェルはこの店に来たことある？」

わたしの護衛だけど、時々旦那様にこき使われているミシェルなら来たことあるのかなと思って聞くと、ミシェルは首を振って答えた。

「僕は初めて入りました。クロード様が懇意にしているのは知っていますが、付き添いでも来たことはないですね。それに、クロード様は普段店に寄るよりも、呼び出すことの方が多いでしょうし」

まあ、忙しい人だから。楽しくゆっくり買い物楽しむなんてことしないよね。むしろ、全てお任せでって言いそうだわ。

「いらっしゃいませ、リンドベルド公爵夫人。当店にようこそお越しくださいました」

3人で何気なく店を見回していると、初老の男性がゆっくりと声をかけてきた。

わたしは会うのは初めてだけど、彼はどうやらわたしを知っている様子だ。

しっかりと頭を下げ、わたしに最上級の出迎えをする相手は、白髪の髪を撫でつけた、初老の男性。

おそらく彼が店主なのだろう。なんとなく、ラグナートを彷彿とさせる雰囲気だ。

笑顔の裏には老獪な顔がありそう。

なんとなく身構えて、誤魔化すようににっこりと微笑んだ。

「リンドベルド公爵様にはいつもお世話になっております。店主のエンリックと申します。以後お見知りおきください。本日はどういったご用向けでございましょう?」

こちらへどうぞ、と店の奥に連れていかれる道すがら、世間話をするかのように用事を問われる。

この店は宝石の原石自体を仕入れて、お抱えの職人が丹念に磨き細工を施し、装飾品として売り出している。

しかも、通常宝石と言えば女性向けの品を扱った方が利益はいいが、この店は紳士向けの品を扱っている非常に珍しい店でもあった。そのため、男性の方が圧倒的に店を訪れることが多い。

そんな中、女性であるわたしがやって来たことは、かなり珍しいことだと言える。

正直なところ、実際はわたしが来た理由なんて聞かなくても分かっていると思うんだけど……。

一流の商人というのは、こちらが言う前にだいたいのことを察するものだ。

「その……夫へ何かいいものがあればと……」

こほんと咳ばらいで気恥ずかしさを誤魔化す。

なぜか言い訳がましく聞こえるけど、気にしたら負けだ。それに、それを指摘するような人ではない。絶対に。

こっちの気まずい気持ちもなんとなく察しているだろうに、案の定相手は余計なことは一切言わなかった。

少し笑みを深めたのは、きっと他意はないはず！

「ぜひ、いろいろ手に取ってみてください。お気に召すものがあればよいのですが」

「あ、ありがとうございます」

奥の部屋の扉を開け、にこりと微笑みかけてきたその瞳は、油断ならない光が見え隠れしているように感じたけど、丁寧な接客は本物で、こちらを食い物にしようという気持ちは感じられない。

絶対に何か買ってもらうぞという押し売りのような感じもないので、少しだけほっとした。

だって、買うかどうかも決まっていないのに買ってくれって圧力ちらつかされたら、逃げたくなる。

わたしは半分戦々恐々としていたけど、ミシェルもロザリモンド嬢もこういった対応に慣れているようで、むしろ当然と言わんばかりの様子だった。

確かに2人は一応高位貴族だけどさ……。わたしなんかよりも身分は上だし、お金持ちの家系だし。

いたたまれない思いをして出されたお茶を飲んでいるわたしなんかよりも、堂々とソファに座ってお茶を飲んでいるロザリモンド嬢の方がよっぽど公爵夫人っぽい。

エンリックがいくつかの品を持ってきた時も、商品を手に取る姿とか、じっくりと品質を確かめている様子が洗練されていた。

「どれもよい品ですね。リーシャ様は、これは！　というものありますか？」

紹介された商品を見ているだけで、手に取ることもないわたしにミシェルが手に取って見たらどうかと勧めてきた。

わたしなんかが触ってもいいものかと完全に気後れしていると、ミシェルが箱に収められているブローチを見せてきた。

「これなんか、細かな金細工がセンスよくていいと思いますよ。ほら、ここどか！」

「見てるからそんなに押し付けてこないでよ。まるで押し売りをする商人みたいじゃない！」

文句を言いながらも、ミシェルが勧めてきた商品をじっくりと眺める。

うーん。確かに落ち着いたデザインで旦那様にも似合うとは思う。だけどなぁ……なんか違うんだよね。

「これなんか、珍しい色合いで、光によって色が変わりますよ」

今度は、宝石のはめられたカフスボタン。

確かに、見る角度によっていろいろな色に変わるのはすごく綺麗だ。だけど、ちょっとカフスボタンにしては派手すぎるのではないだろうか。

旦那様くらいだと、これくらい大きい存在感のある宝石に負けるということはないと思うけど、普段使いには適していない。

いや、別に毎日使ってほしいわけじゃないけど！

そもそも、こういうのを気に入るのは男性ではなく、女性なのではないだろうか……。

「あら、ぜひともこちらを見ていただきたいわ」

今度はロザリモンド嬢が、わたしの方に商品を押し出した。

ミシェルとロザリモンド嬢は、それぞれいい目を持っている。それはそういう教育を受けているからだ。そのため、2人が選ぶものはどれも一級品。

わたしも真剣に考えているつもりだけど、なぜか目が滑ってしまって集中できない。

装飾品を見るのが嫌い――なんてことはない。

綺麗なものは心惹かれるし、見ていて飽きない。それなのに、どうしても人へのプレゼントだと思うと、どれもふさわしいとは思えなかった。

「リーシャ様、あまり気が乗らないみたいですね」

「お気に召すものはなかったでしょうか？」

ミシェルがわたしの様子に気付き、店主であるエンリックもわたしの気乗りしない様子に穏やかに話しかけてきた。

「いえ、どれも素晴らしい品だと思います」

今言ったことは嘘ではない。旦那様にもふさわしい、素晴らしい品ばかりだったと思う。

「大切な方へのプレゼントですと、選ぶのに慎重になるものです。ゆっくりとご覧ください。他にも、人目につくような華やかさはありませんが、こういったものもございます」

エンリックが、わたしの手のひらにも簡単に収まりそうな小さな箱を持ってきた。

「宝石自体は小さいですが、かなり質のよい宝石を使用したものです。小さいため加工する際も苦労をさせてしまいましたが、職人がなかなか上手いこと仕上げてくれました」

そう言って、パカリと蓋を開けた。

「……指輪？　じゃなくて、タイリングですか？」

「はい、左様でございます」

開けられた小箱の中には、中央に赤い宝石、その右側に添えられるように青い宝石が輝くタイリングだった。細いリング状のものは、一見すると指輪に見える。

使用されている宝石は決して大きくないものの、輝きが強く目が引き付けられる。

「最近の流行は幅の広いタイリングですが、こちらは昔ながらのデザインで、細見ですがリングの部分にもこだわって作られています」

最近は、タイリングがブローチ並みの大きいものが主流だ。

昔はちょっとした飾り程度だったタイリングだけど、ある時からか男性の飾りとしては一番目につくくらいの主役となってきている。

幅が広く大きくなっていったのは、人の目を引くためでもあったけど、だからこそ小さいながらも目を引くこのタイリングは素晴らしい一品だと分かる。

「公爵様は必要とあれば着飾ることもいたしますが、普段はどちらかといえば堅苦しいのを嫌

い質素に着こなしていらっしゃいます。こちらの品は、派手さもなくささやかな大きさですので、普段使いにはよいかと存じます」

旦那様は無駄に顔がいいので、着ているものが地味でも華やかに見える。

だけど、着飾っている様子はないし、装飾品だって最低限。

わたしが今回渡そうと思っているものも、別に社交に使ってもらうために選んでいるわけではない。

それにお礼の品は、気持ち程度に収めておかないと逆に気を使わせてしまうこともある。

果たして、これが気持ち程度の値段かどうかはともかくだけど。

「これ、いいかも……」

「お気に召されましたか？」

微笑むエンリックに、わたしは頷く。

「これ、いただこうと思います」

「ありがとうございます」

商品を一目見て即決に近い買い物だけど、後悔はない。

「お包みいたしますね」

エンリックがさっと離れていき、とりあえず今日の外出の目的を達成できたことにほっとした。

「意外なものを選びましたね」

「そう？　お礼にはこれくらいでちょうどいいかなと思ったんだけど……」

社交では使えないし、普段使いにしても地味すぎるくらいだけど、ささやかなものとしては十分だ。

「一目見て気に入ったのなら、それは運命というものですわ」

「それは大げさでは？」

ロザリモンド嬢に苦笑で返す。

「わたくし、リーシャ様とクロード様の出会いは運命だと思っておりますわ。とてもお似合いですもの。ですから、リーシャ様の好むものはクロード様もきっと気に入ると思います」

回りくどいけど、ロザリモンド嬢なりにわたしの選んだものを否定する気はないようだった。

むしろ、肯定的に受け止めてくれていた。

「ところで、僕は他にも店を回ることを想定していましたが、このあとどうするんですか？一番の目的は終わりましたけど、他に見るものはありますか？」

「わたしは特にないんだけど……ロザリモンド様はどうですか？」

「わたくし、皇都は久しぶりですからいろいろ見て回りたい気持ちはあります。着の身着のままとは言いませんが、こちらに来るにあたりいろいろ足りないものもありますし」

そういえばそうだ。

ロザリモンド嬢は現在実家とは距離を置いている。というよりも、実家と決別する覚悟で、リンドベルド公爵家の離れに住んでいる。

実は、リンドベルド公爵領で起こったことはわたしにも分からない事情があるみたいだけど、旦那様もロザリモンド嬢も何も言ってこないので、わたしもあえて聞いていない。

話したくなったらいつか話すだろうし、自分の家の悪事を人に話すのは勇気がいる。

わたしだって、自分の実家のことを話すのは気が滅入るし、できれば忘れていたい。

この先わたしの実家の家族が、わたしや旦那様に迷惑をかけるようなことはないと思うけど、少なくともしばらくはこの話題で社交界はにぎわうことだろう。

もしかしたら、それもあってロザリモンド嬢はここ最近外出を避けていたのかもしれないと思い至る。なにせ彼女はリンドベルド公爵家に居候をしている親戚だ。

わたしが表に出なければ、詳しそうな人のところに群がって面白おかしく聞き出そうとするはず。

「えーと、すみません。もしかしてわたしのせいで外出を控えてましたか？」

「リーシャ様が原因で外出をしなかったわけではありません。足りないものと言っても、頼めば邸宅の侍女が用意してくださいますから。ですが、せっかくの外出ですから実際に買わなくても店を見て回りたいという気持ちがあるという程度です」

ロザリモンド嬢はにこりと軽く微笑む。

「僕は買い物をするというより、もう少し時間をおいてから帰宅された方がいいと思います。クロード様は本日邸宅にいらっしゃるので、早く戻られると何か不審に思うかもしれません」

「それもそうね」

ミシェルの真っ当な意見に同意して、どこに行くか相談しようとしたところに、エンリックが戻ってきた。

綺麗に包装された小さな包みを受け取り、それを自分自身でそっと持つ。

「とても綺麗に包装してくれて、ありがとうございます」

「いえ、当然のことでございます。今度はぜひお2人でお越しください。男性の品が多いですが、女性の装飾品も少し扱っておりますので」

「そうですね、機会があればまた来ます」

支払いをして店を出て、来た時と同じように馬車に乗り込む。

そして、今買ったものを膝の上に載せた。

「いつ、お渡しになるんですか？」

「すぐに渡してもいいけど、なんか口実が欲しいところかな……。ただ渡すとなんか勘違いされそうだし」

「勘違い？」

「これは、旦那様へのお礼なんです。プレゼントというわけじゃなくて。つまり、旦那様がす、好きだから渡すとかじゃないんです！」

「……もう好きにしてください」

聞いてきたのはそっちなのに、なんで投げやりな答えなのよ！

「リーシャ様は、もう少しクロード様の気持ちを考えた方がいいんじゃないのでしょうか？」

「考えているけど……、でも今回のはそんなんじゃないし……」

ぶつぶつ口の中で呟くと、ミシェルはもういいですから、と呆れたように遮った。

「とりあえず、せっかく出不精のリーシャ様が外に出たのですから、買い物をするかどうかはともかくとして、ゆっくり店を見て回りましょう」

皇都にはいくつか大きな通りがあるけど、一番大きな通りは皇城へと続く道で、現在わたしたちが進んでいる道だ。

ここは一流の店が所狭しと並び、貴族御用達の店がいくつも連なっている。

そのため、貴族の馬車が多く行き交っていた。

「来る時は馬車は少なかったけど、時間が経つにつれて多くなってきたわね」

「お昼に合わせて出かけて買い物して食事をして帰る、というのが基本的な流れですから」

リンドベルド公爵家の馬車は目立つ。

ミシェル曰く一番地味なものを選んだらしいけど、馬車に家紋が描かれているのだから誰が見ても、どこの馬車か分かる。

馬車の窓越しに視線を感じるのは、きっと気のせいじゃない。

「二番通りの方に行きますか？　あそこはこの道に比べて格は落ちると言われていますが、隠れた名店なんかもあるんですよ」

「詳しいんですのね」

「僕は生まれも育ちも皇都ですし、若気の至りでいろいろやんちゃなことをしていたこともありますから……あ、クロード様にはぜひ内緒にしていただけたら助かります」

旦那様のことだから言わなくてもバレていると思うよ、ミシェル。

「二番通りも、こちら同様に危険はほとんどありません。ただし細い路地なんかは危険ですので、絶対に近づかないでくださいよ」

わたしに言い聞かせるというよりも、ロザリモンド嬢に念を押していた。

ふとした拍子にフラッといなくなりそうな気配はあるので、ミシェルが言い聞かせるように念を押したい気持ちも分かる。

「大丈夫よ、あなたから離れなければいいんでしょう?」

「それが守られれば、僕は言うことないですよ」

いつもわたしが騒ぎの中心みたいな言い方しないでくれないかな?

「とりあえず、僕のお勧めのお店紹介しますよ」

「ミシェルのお勧めならいいお店なんでしょうね。楽しみですわ」

もちろん、それは女性向けの店だよね? 男のミシェルが詳しい事実を当然のように受け止めてますけど、ちょっとは疑問に思ってください!

女として生きてきたミシェルにとっては普通のことかもしれないけど、興味がなければ店まで覚えることはしない。つまり、結局女装を楽しんでやっているってことだ。

人の趣味にあれこれ言いたくないけど、あなたのおばあ様はきっと頭を抱えていたでしょうね。

何気なく窓の外を眺めながら、2人の会話に時折参戦する。

穏やかな時間が流れている時に限って、必ず何かの事件が起こったりする。

そして、それは本当に突然に。

それは日常の一コマのような瞬間で、普段なら別に気にもしないものだった。

だけど、目に入ってきた鮮やかな深紅の髪色は、わたしにとっては特別で馬車の流れる風景の中の一つだったとしても目に入ってきた。

「止まって！」

思わず声を張り上げて、わたしが御者に命じると馬車が大きく揺れて止まった。

「リーシャ様、どうしたんですか？」

ミシェルが普段のわたしにはあり得ない行動に声をかけてきたけど、わたしはただ窓の外を眺めているだけだ。

ミシェルがそれに気付き、わたしの見ている先に目を向け、一瞬目を見開いた。

「……クロード様？」

赤い髪というのは別に珍しい色じゃない。

ただし、深紅の髪というのはまた別だ。

それはリンドベルド公爵家を象徴するものであり、貴族だけでなく国民だって髪を染める際に多少色味を加えたりする。

だからこそ……。

「今日は邸宅にいるって言わなかった？」

「……僕はそう聞いてますけど」

「わたくしも同様に」

「でも、突然仕事で出かけることはよくありますし！」

「旦那様にはとても関係がなさそうな場所だけど？」

「……リーシャ様へのプレゼントを買いにとか？　邸宅に呼べばバレバレですしね？」

「女性同伴というのは、どういうことでしょうね？　しかも、ここは宿泊施設のようですけど？」

「いや！　きっとそっくりに染めた髪の色ですよ！」

「そうでしょうか？　身なりも相当なものだったと思うけど？　目の肥えているロザリモンド様はどう思います？」

「分かりませんわ。わたくしが見たのはほんの少しの後ろ姿だけですし……」

確かにミシェルやロザリモンド嬢が言う通りだ。

わたしだって今扉をくぐって中に入っていった人物の顔を、正面から見てはいない。

一瞬だけ横顔が見え、そのほとんどが後ろ姿だ。だけど、あの髪の色を間違えるはずもない。

あれは、どう見たってリンドベルド公爵家の色だ。

「今から中に入れば、全部分かると思いますけど……？」

ミシェルがあまり気乗りがしない様子で言った。というのも、ミシェルはあれが旦那様だというのを疑っているから。

おそらく、わたし以上にあり得ないって思っているかもしれない。

だけど、こういう浮気を疑う場面を目撃した妻は、一体どういう反応するのが普通なんだろうか？

その場で詰め寄る？　それとも家に帰って冷静に問いかける？　もしくは見なかったことにする？

先ほどの後ろ姿が旦那様だとは確定していないけど、対処法を考えておいて損はない。

――……あ、でも……。

わたしの場合は、むしろ歓迎しなければいけないかもしれない。

それは結婚前のこと。

わたしは旦那様に愛人を容認すると伝えた。旦那様は受け入れなかったけど、心変わりすることは大いにあり得る。そうなると、わたしが旦那様を問い詰めるのは筋違いだ。

「浮気でしょうか？　クロード様はそういうことをする人ではありませんけど……」

「いやいや、そもそも本人とは限りませんし？　僕、今からちょっと見てきますよ！　リーシャ様、目が据わってます！」

「わたしはいたって冷静です。別に怒ってもないですし。それに、わたしは旦那様に言及できる立場にいません」

「言ってることと表情が合ってないって、理解しているんですかねぇ」

ぼそりと言ったミシェルの呆れた顔を睨みつけ、わたしは馬車の窓から2人が入って行った建物をただ眺め、膝に置いていた包みに力が自然と入っていた。

「リーシャ様、邸宅に戻ればはっきりしますよ。クロード様は今日は外出の予定はないんですから」

「今から追いかけても人違いだった場合、こちらが恥をかきますから、邸宅に戻ってクロード様の所在を確認した方がよろしいですわね」

「……別に旦那様がどこで何をしていようと、お飾りな妻には関係のないことですけどね」

「もう、どうしてそういうこと言うんですか？　何か事情があったとしても、クロード様がリーシャ様に隠れて女性とどうこうなるっていうことはあり得ませんから！」

「一言、言ってはほしいかもしれないわ。あとから噂で聞かされるよりはいいですし。それに――……わたしは旦那様に愛人関係については何も言わないって言ってあるから」

そうだ、初めからそういう契約だった。

お互い干渉はしない。

わたしだって、旦那様が他で子供を作ることを提案していた。

もし、本人だったとしてもわたしが怒る権利はないし、あえて言うならもっと人目に付かないようにやってくれというくらいだ。

だけど、なぜだかわたしの気持ちはすっきりしない。

「どうして、この夫婦は……」

ミシェルが頭をがしがし掻きながら、深々とため息を零した。

「とりあえず、戻りましょう。買い物の気分ではないみたいですからね」

「別に大丈夫ですけど？」

「全然大丈夫に見えませんよ」

ミシェルが眉を寄せ、御者に邸宅に戻るように指示を出す。

困惑しているのはこの場にいる全員だけど、きっと一番困っているのは主人と思われる人の浮気現場を目撃して、それをわたしが見ていた事実を知っている御者だろうなぁ、とどうでもいいことを考えていた。

結論から言うと、旦那様は邸宅を留守にしていた。

その瞬間、ミシェルがまずいって顔をしたのは見なかったことにする。

ラグナートにどこに出かけたのかと問うと、皇城にと言っていたので、それが本当かどうか、邸宅で仕事をしていたディエゴにも同じ質問をした。

「どちらに行かれたのか知ってる？」

「急な知らせが舞い込みまして、その対処に皇城に向かわれました」

「皇城ですか？」

「はい、クロード様がおっしゃっていました。苦々しく届いた手紙を握り潰していましたね」

そんなに面倒な仕事が舞い込んだのでしょうか、と肩をすくめるディエゴは何も疑っていないようだ。

彼は優秀で秘密を漏らすこともないけど、後ろめたいことがなければはっきりと答えてくれる。

ちなみに、出発したのはわたしたちが出てからしばらくしてのことらしい。

ラグナートはそこまで教えてくれなかった。

「ディエゴさんは一緒に行かなかったんですね」

「僕もお供すると思っていましたけど、クロード様がここで仕事してろっておっしゃって。なんか久しぶりに機嫌が悪そうでしたよ」

悪意なく、ディエゴがペラペラと情報を話してくれた。

これくらいは別に隠すようなことでもないので、ディエゴも気にすることなく話す。

ただし、ここに旦那様がいないということは、先ほど見た人が旦那様の可能性が出てくるわけで……。

「皇城に向かったのでしたら、先ほどの方はやはり違うのでは？」

「仕事で向かったと嘘つくくらいは、誰にでもできますわよ？」

「ラグナートさんがリーシャ様に嘘をつくとは思えませんけど……」

ラグナートの主人は今は旦那様だから、わたしに嘘をつくこともあるかもしれない。

だけど、もし嘘だった場合、皇城に向かったとは言わないと思う。

旦那様からの指示がない限りは、ただ仕事で出かけたとしか言わない気がした。

「もういっそのこと、戻ってきたら本人に聞いたらいいじゃないですか。夫婦なんだし、さり気なく似た人を見かけたとか言って」

「別にわたしは、旦那様がどこで誰と何をしていようが気にしていませんけど？」

わたしはなんとも思っていないことを強調して、颯爽と部屋に戻る。

そして部屋に引きこもり、自分に言い聞かせるように枕に顔を押し付けた。

「別に旦那様が何をしようと関係ないし？　そもそもわたしが一番初めに言ったことでもあったし？　体裁さえ守ってもらえれば別に構わないし？」

別に悔しくはない。それに、悲しくだってない。怒ってもないし、苛立ってもない。

もちろん、嫉妬だなんてことは絶対にない！

「……リンドベルド公爵家には跡取りが必要だし。旦那様が子供を作るしかないし……」

妻として、ベッドを共にすることのないわたしが、どうこう言う問題じゃない。

それに、初めから旦那様は子供を産まなくてもいいと言っていた。だとすると、いつかはわたし以外の誰かと子供を作る日がやってくるわけで。

わたしもそれでいいって思っていた。

思っていたけど!!

なんか隠されてるのは、むかつくんだけど!!　普通一言言うのが礼儀じゃない!?　いや、別に言わなくてもいいけど！　言う義務はないけど！

旦那様への怒りの吐け口に、ばすばすと枕を殴(なぐ)り、今度は枕をぼんぼんと叩きつける。

別にこれは嫉妬とかじゃないし！　正当な怒りだし！　いや、怒ること自体おかしいんだけど！　でも、これはわたしに配慮を欠いたことに対する怒りだから、別に問題なし!!

そもそも、旦那様はわたしを好ましいと言っていたし、いわゆる女性として好きだとも言っていた。それなのに、これは二股というやつではないだろうか。

わたしの返事を期待しているようなことは一切なかったけど、正直自分が不誠実だと思うこともあるのは自覚していた。だから、わたしに見切りをつけたとも考えられる。

貴族の結婚は好き嫌いで決まるものじゃないから、相手の感情なんて気にしないって人もいるけど、好きだと告白した相手からなんのリアクションもないのは、やはり思うところがあるだろう。そう分かっていても、答えを返すには難しい問題で――……。

だけど！　だけどだよ!?　ではあんなこと言っといて、結局他の女性とお付き合いするって普通に考えたらあり得なくない!?

最終的には、そこに戻ってきてしまう。

旦那様の女性遍歴は知っている。美人な女性とお付き合いしたりしていたことは、社交界ではよく知られていた。隣にいる女性が一定期間で変わることも。

だけど、二股だけはしていなかった。

少なからず、付き合っている女性と別れたあとに付き合いだしている。

誠実な面もあるのだと知っているからこその怒りだ。

わたしなんてどうでもいいってことなの!?　どうでもいい相手に気を遣うこともないって言いたいわけ!?

ぐるぐる悪感情が巡るも、結局真相は分からない。

本人に聞けばいいんだろうけど、なんだか怖い気もする。

「美人だったな……わたしよりも年上みたいだった。成熟した大人か……」

隣にいた女性は横顔が見えていた。

少し青みの強い灰青の髪が、柔らかそうに肩にかかっていた。

嬉しそうに微笑んで、なんとなく頬も赤味を帯びていたような気がする。

身なりは質素なドレスだったけど、おそらく貴族かそれに近い階級の出身。

なんなく顔つきが品のある感じだった。

わたしは気が強いとは言わないけど、性格はいいとは言えないし完全に従順でもない。

だけど、先ほど見た女性はやさしそうな雰囲気で、良妻賢母になれそうな落ち着いた眼差しで相手を見上げていた。

「……はぁ。別に旦那様だって決まったわけじゃないし」

ぽすんと枕に顔を埋めて、自分に言い聞かせる。

だけど、あの髪の色は間違いないとも確信に近い感情が沸き上がっていた。

もぞもぞと着替えることもせずにベッドの中に潜り込んで、不貞腐れたように目を閉じる。

「寝よ。きっと疲れているから変な考えになってるんだわ」

結婚してから数カ月で怒涛の展開が目白押しだった。

わたしはそっと目を閉じて、何も考えないように身体を丸めた。


「まぶしい……」

強い光が目に差し込んで、わたしは目を覚ました。

オレンジ色の光は、日が落ちる直前の空と太陽の色だった。

「すっごい寝てた……」

帰ってきたのは昼前で、その後部屋に引きこもり深く眠っていたらしい。

いつもならこんな長時間寝ていないのに、身体は相当休息を求めていたみたいだった。

もぞりとベッドから起き上がると、せっかく着させてくれた外出用のドレスに皺がたくさんついていた。

髪もぐしゃぐしゃで、顔も化粧を落とさず寝てしまったから、ひどいことになっていた。

「お風呂入ろ」

呼び鈴でわたし付きの侍女であるリルを呼ぶと、何も言わないのに既にお風呂の準備がされていた。

「寝苦しかったのでは、ありませんか？」

ドレスを脱がす手伝いをしてくれているリルが、話しかけてくる。

わたしが堅苦しいものを嫌っているので、外出着もそこまで締めつけるようなものではない。

部屋着に比べると肩が凝りはするけど。

「皺にしてごめんね。部屋着に着替えて寝ればよかったんだけど」

誰も呼ばずに部屋で枕をイジメて、そのまま寝ちゃったんだよね。

面倒をかけて申し訳ないなと思いながら、はぁとため息をついたタイミングでおなかが鳴った。それを聞いたリルが、ほんのり笑みを浮かべた。

「お疲れのようでしたのでお声をかけることは控えましたが、軽食くらいはお運びした方がよろしかったですね」

朝食食べてから何も口にしていないので、おなかが空くのも当然だけど、おなかが空くくらいには、気持ちが浮上しているということでもあった。

ぐるぐる考えたって、結局のところ旦那様に聞くのが一番早いのだ。

それに、昼間は悪い方にしか考えが向かなかったけど、確かに旦那様は信頼できる人だと自分でも思っている。

女性と一緒にいたとしても、何か理由があるはず。

「……旦那様は戻ってきた？」

「いえ、まだお戻りではありません」

一体、こんな時間まで何をやっているのだろうか。

本当に皇城で仕事だとしたら、いつ帰ってくるか分からないけど。

「お戻りではありませんが、おそらく間もなく帰宅されるのではないかと」

「連絡があったの？」

「いえ、ラグナート様が迎えの馬車を手配しておりましたので、皇城から帰宅されるのでしたら間もなくではないかと思いまして」

「夕食は邸宅で食べるってことね？」

「はい。わたしどもはそのように伺っております。リーシャ様はいかがされますか？」

「わたし？」

「お疲れなら、こちらにお食事をお持ちしますが？」

リルはどこまで知っているのだろうか。

ミシェルやロザリモンド嬢はラグナートには事情を話しても、さすがに他の使用人には何も話していない気がする。

そうすると、いつも以上に寝てたのは久しぶりの外出で疲れたからだと思っているはず。

一瞬、今日はそれでもいいかなと思ったけど、やっぱり白黒つけるのは早い方がいいかと思い直す。

「食堂の方で旦那様と食べるから、準備お願い」

「畏まりました」

とりあえず、ぐしゃぐしゃになっている髪も顔も直すべく、温かいお湯に身体を沈めた。

身体の緊張がほぐれ、気持ちが落ち着いていった。

お風呂から上がると、簡素な部屋着に着替える。

晩餐（ばんさん）の席にはふさわしくない格好だけど、お客様がいない時は旦那様も気軽な格好のことが多いので、特に指摘されたことはない。

髪は食事をするのに邪魔にならない程度に軽く結い上げてもらった。

さすがに質素すぎるかと思い、小さなネックレスと同じデザインのイヤリングを飾る。

「リーシャ様、クロード様がそろそろ戻ってくるみたいですけど、大丈夫ですか？」

「大丈夫って何が？」

「何がって……」

「昼間のことはわたしの中で折り合いついたから大丈夫よ」

「一応聞きますけど、どう折り合いがついたんですか？」

変な方向に折り合いがついたのではないかと心配そうにミシェルが聞いてくる。いや、心配というよりもわたしがおかしな考えになっていないかどうか、疑っていそうな目つきだ。

「ミシェルの言っていた通り、聞くことにするわ。それが一番手っ取り早いでしょう？」

「よかったです！　いやー、もし泥沼の夫婦喧嘩に発展したらどうしようかと思いましたよ」

「それは難しいんじゃない？　わたしが怒っても旦那様は平然と言い訳くらいはしてくるわよ」

平然と嘘をつくくらいわけのない旦那様は、わたしが何か言ったところで軽く流してくる。

わたしと旦那様の間で喧嘩が起きないのは、ひとえに旦那様がわたしよりもはるか上の存在だからだ。

旦那様にとってわたしが怒るのは、子猫がひっかいてくるくらいのものだと思う。

「クロード様は大人ですからねぇ。安心感があると言えば聞こえはいいですけど、もし本気で怒るようなことがあると、ちょっとどう解決していいか僕には分かりません」

「わたしもよ。今まで旦那様の怒りがわたしに向いたことはないけど、周りで何度か見かけてるから、わたしだって旦那様を本気で怒らせたくはないと思っているわ」

これは正直な気持ちだ。

実際、結婚してから旦那様の怒りに触れた人たちがどうなっているのか近くで見ていると、殺されてはいないけど社会的に死んでいるも同然な扱いになっている。

「クロード様に限って、リーシャ様に本気で怒ることなんてないとは思いますけどね」

そうだといいんだけど。

きっといつものように、わたしがむくれて、旦那様が意地悪く笑って。

それで終わればいいと思う。

「それで、今日買ったものはいつ渡すんですか?」

「誤解が解けたらかな。別に、今日渡さなくてもいいものだし」

化粧台の上に置いてあるものに、わたしとミシェルの視線が向かう。

綺麗に包装されていたけど、少しいびつになっているそれに触れ、どうしようかと悩み、結局そのまま置いておく。

できれば、包装し直したいところだ。

「リーシャ様、素直になるのが難しいのは分かりますけど、喧嘩腰にはならずにですよ」

「喧嘩を売ってくるのはいつも旦那様です。わたしはそれに応戦しているだけです。でも、分かってるよ」

「それならいいんですけどね」

食堂に向かう道すがら、旦那様が戻ってきているのかすれ違う従僕に尋ねると、どうやら旦那様は戻ってきているらしい。

ただ、どこか緊張した答えに違和感を覚えた。

何かあったのかな？

「何か知ってる？」

「僕もクロード様には会ってませんから、よく分かりませんよ」

ですよね。

とりあえず、旦那様に会わないことには分からないことが多いので、そのまま食堂に向かう。

中に入ると、旦那様はまだ来ていなかったけど、わたしと旦那様の席にはカトラリーが綺麗に並べられていた。

いつもなら旦那様の方が早いのでなんとなく不思議な気分だった。

席に座り旦那様はいつ来るのだろうかと待っていると、それほど待たずに旦那様が現れる。

そして――

え！　なんか怒っていませんか⁉

穏やかじゃない顔つきで、誰か殺してきましたか!?　と問いたくなるほど深紅の瞳が深い色を映していた。

リンドベルド公爵家の使用人は、さすが大貴族に仕えるだけあって察しがいい。

旦那様が食堂に入ってきた瞬間、全員がいつもと違う様子の旦那様に身体を強張らせた。

ええと……、これって絶対に怒ってるよね!?

席に座る旦那様が、こちらに一言もないのが怖い。

特に今日は出かけていたのだから、何を買ったのかくらいは聞いてきてもおかしくない。

沈黙が冷たい空気を醸し出す。

この場にいる使用人が、全員わたしに期待しているように縋ってきた。

どうにかしてください！　って目で見られても、わたしだってどうしていいか分からないよ！

「……あの、何かありましたか？」

さすがに無視するわけにもいかずわたしが訊ねると、旦那様は目を細めわたしに冷たい視線を向けてきた。まるで、わたしが旦那様に何かしたかのようだ。

「何か、か……、確かに何もしていないな。私には」

ええ？　何もしていないのに怒ってるって意味が分からないんだけど！　だいたい、説明が必要なのは旦那様の方だけど！

「何もしていない？　何もしていないことに怒っているというのは意味が分かりません」

喧嘩腰に来る相手に対して、こちらが冷静に対応しなければならないけど、何もしていないのに怒りを向けられて、気分がいい人間はいないと思う。なんとなく嫌味っぽい言いようにわたしだってカチンとくる。

何もしていないことに怒ってるって……もしかして、今日帰って来てから寝すぎたことに対してかな？　自分は面倒な仕事を処理してきたのに、わたしがぐうたら寝てたから？

「もしかして、わたしが仕事をしていないってことですか？　今日は外出するって言いましたよね？　前日までするべきことは終わらせたはずですが、何か不手際でもありましたか？」

「特にない」

ものすごく短い答えだ。

だから、それならどうして苛立っているのかぜひとも教えてください！

余計なことを言うとさらに話がこじれる気がして、わたしは旦那様から話し出すのを待った。

変な緊張が部屋の中を支配し、使用人たちも食事を運んでいいのか迷っている。

「とりあえず食事に――」

「今日、どこに行った？」

それは唐突だった。

どこにと言われても、行った場所は結局一カ所しかない。

だけど、その店を言うと何を目的として行ったのかバレてしまう。

バレてもいいけど、なんとなくこんな雰囲気の中、旦那様に知られるのは嫌だった。

「いつもは特に気にしないのに、なんで知りたいんですか？」

「答えたくないのか？」

「……いろいろ見て回りました。主にミシェルのお勧めの店とか」

ごめん、ミシェル！

心の中でミシェルに謝り旦那様に答えると、相手は非常に不満そうな顔だった。

「例えば？」

はい？　今日はどうしてここまでしつこいの!?

「宝石店とかですけど。店の名前は分かりません、ミシェルに聞いてください」

嘘だけど、半分は嘘じゃない。

行った店はミシェルのお勧めの店じゃないけど、宝石店なのは間違いない。

しかし旦那様はそれに納得するどころか、嘲笑を浮かべた。

「男性向けの店に、一体何の用事だったんだ？　ミシェルはあの店に行ったことはなかったと思うが？」

……わたしに聞く前に、全部知ってるんじゃないですか！

知っていながら確認してくるとは、なんの嫌がらせだ。

だけど、少し嘘をついた後ろめたさがあって、言い返すことはせずに淡々と目的を説明した。

「買い物です」

間違ってはいない。実際に買い物をした。

ただし、自分のものではないけど。

「リーシャに……高級な品を渡すような親しい男がいるとは知らなかった」

「……はい？」

あまりにもおかしな発言に、わたしはぽかんと旦那様の顔を見た。

旦那様の発言の意味を必死で考えていると、旦那様の表情が消え、冷たい美貌だけが残った。

「咎めはしないが、リンドベルド公爵家の名誉を損なう真似だけはしないようにしてくれ」

それはつまり……わたしが旦那様以外の男性と浮気してるって疑っているってことですか!?

どうしてそうなった。意味が分からない。

「ちょっと待ってください！　何を疑っているのか知りませんが、絶対に違います！」

「それなら、なぜ嘘をつく必要があった？」

「それは……」

上手い言い訳ができず言葉が詰まる。

しかし、旦那様はそんなわたしを追い詰めるようにさらに言葉を重ねた。

「嘘をつかれれば、疑われるのも仕方がないと思わないか？」

短く嘲笑する旦那様の目は、燃え上がるように深紅の瞳が輝いていて、一体何がどうなってこんなことになっているのか理解が追い付かない。

いや、本当は理解している。

旦那様はわたしが嘘をついたことから、あり得ない事実を真実かのように口にしているのだ。

普段なら、わたしだってすぐに反論する。それに、きちんと説明もできるし、真実だって話せる。冷静になれれば、旦那様だってわたしがそんなことできるはずないことは分かるはず。

それなのに、疑っているのはわたしを信頼していないからだ。

「それなら——……そちらもそうではないですか？」

「何？」

「今日、二番通り沿いにあるそこそこ大きなホテルに、旦那様が女性と一緒に入っていくところ目撃しました」

旦那様だという証拠はないけど、向こうからいきなり投げつけてきた話題だ。

わたしだって聞きたいことがあるのだから、ぜひとも説明をお願いしたい。

「それは、以前ミシェルと私の関係を勘繰っていたように、今回もそう考えていると？」

「愛人にしたいというのなら止めませんが、一言くらいあるのは礼儀だと思います」

完全に売り言葉に買い言葉だった。

だけど、止めることもできずに、わたしは昼間の件を持ち出していた。

「旦那様はわたしの夫ですけど、わたしたちは普通の夫婦とはかけ離れていますから、お気になさらずに好きなようにされてもいいですよ？」

自分でも言いすぎだと思った。

言ってから、しまったと思っても飛び出した言葉を取り消すことはできない。

「夫ね……、君は私を本当に夫だと思っているのか？」

「はぁ？　思っておりますけど？　式も挙げて一緒に暮らしているんですから、夫だと思わずなんだと思えと？」

「時々、リーシャは私をただの同居人だとしか思っていないのではないかと思う時がある。私たちのはじまりに問題があったのは、私が一番自覚しているが、それでも共に暮らすうちに少しくらいは心境の変化があってもいいのではないかと期待もしていた」

旦那様が片手で顔を覆い、ため息をつく。

なんだかわたしだけが悪いみたいな言い方に、唇を尖らせて反論する。

「わたしだって、少しはいろいろ考えるようになりました。今までとは違う生活や人との関わりに苦慮していたりもします。煩わしいことは極力関わらせないように配慮してくださっていることも知っています。感謝もしていますけど、こんな風に疑われるのは我慢できません。そもそも、わたしの質問の答えはまだです」

結局、あの時見た人物が誰だったのかはっきりしない。旦那様が否定も肯定もしないからだ。否定しないということは、肯定だと思われても仕方がない。

「私じゃないと言ったところで、信じるのか？」

「一応は納得します」

「信じるわけではないんだな」

「証拠はありませんからね」

腕を組んで旦那様から顔を反らす。

すぐに旦那様から反論が来ると覚悟して、どう言い返そうか考えていたのに、なぜか恐ろしいほどの沈黙で場の空気を支配した。

い、言いすぎた？　いやでも、向こうだって結構なことを言ってきたし……。

もしここにラグナートがいたのなら、仲裁に入ってくれた。

だけど、今ここにはラグナートはおらず、わたしたちを止められる者はいなかった。

どれほどの沈黙が続いたのか、分からない。

先に行動を起こしたのは、旦那様の方だった。

「……分かった。少しはお互いの関係が改善されたかと思ったが、それは私の勘違いだったようだ」

ずっしりとした深い重みのある声音は、怒り、落胆、疲れ——さまざまな感情が入り込み、ただ事実だけを淡々と述べた。

旦那様がこちらの顔を見ることもなくさっと席を立ち、食堂から出て行く。

旦那様の背から発せられる空気が完全に他人を排除し、話しかけるなと無言の圧力を発していた。

既に顔を合わせての晩餐という雰囲気ではなく、わたしもむくれながら部屋に戻る。

その途中で、ミシェルと鉢合わせる。

正確に言えば、ミシェルが慌てたように駆け寄ってきた。

「今、すごいこと聞いたんですけど……。リーシャ様、クロード様と喧嘩したって本当ですか？」

「喧嘩じゃないし。喧嘩になる一歩手前なだけです！」

「それを喧嘩したと言うんですよ……」

不貞腐れたようなわたしに、ミシェルが大きくため息をついた。

——……ちょっと、なんかわたしが悪いみたいな態度しなくてもよくない⁉　確かにわたしが旦那様に対して怒っていることが多いけど、それもこれも全部旦那様がいつも悪いからであって……。

そうだ、いつもわたしが旦那様に憤っているのは、旦那様のせいだ。

だけど、わたしがいくら怒っていても、いつだって旦那様は大人の余裕なのか人生経験の差なのか、笑って軽くあしらってくる。だから、喧嘩になりようもなかった。

今までは。

「ところで、一体どこからの情報？」

「使用人用の食堂で食事をしようとしていたところですよ。言い合いになってるって大騒ぎです。クロード様が怖すぎて泣きたくなったって、目撃した侍女が言ってましたよ」

「早すぎじゃない？」

「こういう話はたいてい情報伝達速度が速いものですよ。ラグナートさんも今頃事情を聞いているでしょうし、とりあえず部屋に戻りましょう。クロード様のことはラグナートさんにお任せした方がいいでしょう」

ミシェルの先導で部屋に戻ると、すぐに椅子に座らされる。

「リーシャ様、今顔色が悪いですよ」

「いつもこんな顔です」

「……今日は朝から何も食べてないから、余裕がなくなってるんですね？」

「おなか空いてないけど──……」

と言った瞬間、グーと小さな音を立てておなかが空いていると主張してくる。

ミシェルにも絶対聞こえているので、怒りなのか恥ずかしさなのか分からない感情が込み上げて頬が赤くなった。

「軽食にしましょうね。今脂っこいもの食べたら胃もたれしますから」

護衛の仕事でもないのに、ミシェルは気遣いできるし、いつも甲斐甲斐しくわたしを世話していると思う。

一番近くにいるせいで時々邪険にしてしまうこともあるけど、わたしが一番なんでも話せる相手だ。

おそらく、旦那様もそれを見越してミシェルを雇ってわたしの側に置いているんだと思う。

「はぁ……」

こうして口論すること自体、ほとんど経験がない。

そのせいで、どうしていいのか分からなかった。

「リーシャ様、とりあえずハーブティーでも飲んでください。気持ちが落ち着きますよ」

ぼんやりしているうちに、テーブルの上にお茶と軽食を手際よくミシェルが並べていく。

本当に手際がいい。

今はできればそっとしておいてほしい気分だったけど、ミシェルはそんなこちらのことなどお構いなしに、わたしの対面に座る。

温かい湯気の立ち上るカップを渡されて、ゆっくりと口付ける。

やさしい味わいが、強張った身体を緩めていく。

「それで？　クロード様の浮気を疑って言い募ったって本当ですか？」

「ミシェル、あなたはもっと言葉を包み込むことを知らないの？」

前言撤回！　絶対旦那様は、自分の側に置いておくと厄介だからわたしに押し付けたんだ！

事実だけど、もっと複雑な応酬があったんだと言いたい。

「リーシャ様は慰めだけを必要としていないでしょう？　誰かに叱責されるのを待っている顔ですよ」

「ミシェルっておせっかいだと言われない？　別にわたしの心のケアなんて仕事じゃないのに」

「仕事の判断は自分でしますよ。今はリーシャ様の話し相手になるのが仕事だと思ってます。言いたいことあるんでしょう？　僕には話やすいんじゃないんですか？」

全部分かってますって顔されると、意地でも話したくなくなるけど、今はその意地を張ることも疲れる。

「……旦那様が」

「クロード様が？」

「わたしが浮気してるみたいなこと言ってきたの」

「……それは、またなぜ？」

「エンリックの店に行ったでしょう？　それを見られて、なぜかそういうことに」

「ちょっと意味が分からないんですけど、どうしたらそんな勘違いができるんですか？」

「それこそわたしが知るわけないじゃない。確かにちょっと嘘ついたけど、だって知られたくないことだってあるでしょう!?」

「……嘘ついたのはいただけませんが、出不精のリーシャ様が外で浮気する？　無理無理、そもそも出かける時は僕もいるし、最近ではロザリモンド様もいらっしゃるし」

本当に、それよ！

「少し考えれば絶対に無理なのに、どうしてクロード様は疑ったんですか？」

「わたしに聞かないで、旦那様に聞いて」

「紳士御用達の店から出てきたからって、普通は自分に買ったのだと思うものですけどね？」

それはわたしだって同じことを思った。

きっといつもなら、知らないふりをしつつ回りくどく言って、こちらを半分揶揄（からか）うようなことを言ってきそうだ。

「クロード様もねじ曲がってますからね……、自分がリーシャ様にプレゼントをもらうほど好かれていないと思っているんでしょうね。で、自分じゃないのなら誰だってことになりますけど、どう考えてもいませんよね？　あえて言うなら、ラグナートさんへってことですけど」

「分からないけど、もしかしたらラグナートにも確認済みなんじゃない？　わたしから何かもらったか確認すれば、すぐに分かることだし」

それで何ももらっていないから、他に男がいるとか飛躍しすぎだし！

「リーシャ様の性格上、ラグナートさんに購入したものだったら迷わずすぐに渡しそうですしね。でも、どうして嘘なんてついたんですか？　すぐにクロード様のために買ったって言えば、終わりそうですけど？」

「わたしだって別に隠すつもりはなかったけど、言い方ってものがあるでしょう？　いきなり不機嫌そうに浮気のこと言われたら、さすがに気分悪くなると思わない？」

「疑われて気分のいい人はいませんよ」

それは、わたしのことも諫めてる言葉だ。わたしも旦那様のことを疑って、少し言いすぎたのは否定できない。

あらかた文句を言いつくし、行儀悪く椅子の上で膝を抱えて背を丸め、膝に顔を載せる。

そんな子供っぽい態度にミシェルが苦笑した。

怒りは爆発させると、意外とすぐに落ち着いてくるということを今知った。

「今頃、クロード様も言いすぎたって後悔しているかもしれませんよ」

「どうでしょうねぇ」

「でも、クロード様もどうしたんでしょうね？　なんかいつもと違っていそうですけど……」

思い返すと、はじめから旦那様の様子はおかしかったように思う。いつもより足取りが荒いし、嫌味にも鋭さが増していた。

そして、最後に食堂を出て行く後ろ姿はいつもより疲れていそうだった。

「……やっぱり、わたしが悪い？」

いつもわたしが怒って、旦那様が意地悪く笑って、それで終わっていたからこうして本格的にこじれると、どうしていいのか分からない。

なにせ、わたしは旦那様のことを何も知らないから。

好みだって知らないし、どんな言葉が嬉しいのかも分からない。

「どちらが悪いということはないと思いますよ。どちらも悪い、喧嘩両成敗とも言います。だけど、謝るところから始めてはいかがですか？　女性関係に関しても、クロード様は誠実だと思いますよ。リーシャ様がいるのに、他に手を出すことは絶対にないです」

「わたしから謝るの？」

「厳密にはリーシャ様から謝罪する必要はないですけど、リーシャ様には謝罪の口実があるじゃないですか」

そう言って指さしたのは、少しいびつになった小箱。

それを持って説明に行け、ということらしい。

「今日昼間に見たこともきちんとお話ししてみれば、意外と真実はくだらないことかもしれませんよ」

「今すぐ？」

「こういうものは、時間を空けるとそれだけお互いが気まずくなるものです」

友人のいなかったわたしは、喧嘩というものをしたことがない。

家族とだって仲がよくないわたしは、ただ黙って耐えるだけで。

こういう助言をする人は、ラグナートぐらいだった。

「ちなみに聞くけど、ミシェルはどうしてわたしと旦那様のことに関して口出しするの？」

「えー？　お２人の関係に口を出しているのではなく、リーシャ様のお友達として余計なお世話をしているだけですよ。２人の仲がこじれすぎると、邸宅の空気が悪くなるっていうのもありますけど」

最後は明るく締め括り、ミシェルがわたしにジャムを塗ったスコーンを渡した。

「おなかが満たされれば、少しは気持ちが浮上しますから。とりあえず少し食べてください。イライラしていると、悪い考えばかり浮かびますからね」

わたしは素直にスコーンを受け取り、一口食べた。

口の中にやさしい甘みが広がり、少しだけ満たされた。

「食べたら、旦那様の部屋に行ってみるわ」

「そうですか。お供しましょうか？」

「いいわよ、一人で行く方が話しやすい気がするし」

わたしは成人してはいるけど、まだまだ小娘の域を出ていない。

そのせいで、旦那様の余裕ある大人の態度に苛立つ時がある。

その余裕の態度は、自分が持っていないものだから。

だけど、もしかしたらわたしの前でも気を張っていただけなのかもしれないと思った。

わたしが子供だから、大人として受け止めないといけない義務感。でもそれは、夫婦の関係ではない気がする。

「話し合うというのは、とても大事なことですからね？」

「ミシェルって、時々すっごく年取ってるように感じる時があるけど、実年齢に間違いはないんだよね？」

「そこは素直に、お礼を言ってください」

ミシェルと気軽な会話を楽しんで、お腹も満たされる。

ミシェルの言った通り、おなかが満たされればそれだけで気持ちが前向きになった。

そしてその勢いのまま、わたしは旦那様の部屋に向かった――んだけど！

「申し訳ありません、リーシャ様。クロード様はこれからしばらく別邸でお過ごしになると……」

ラグナートが申し訳なさそうに旦那様のいない事実を口にして、わたしは唖然(あぜん)とした。

「それはつまり、わたしの顔も見たくないってこと？」

一旦(いったん)は収まった怒りが、ふつふつと込み上げる。

どういうこと⁉　せめてしばらく留守にするくらいは言えないの⁉

「決してそのようなことはなく――……」

いつもはっきりしているラグナートも言葉を濁しているのは、ラグナート自身も旦那様の真意を測りかねているからだ。

「別邸ってあの避難場所にしてたところ？　もう用はないと売ったんじゃなかったの？」

「いえ、あそこはもともと公爵家の持ち物でして……」

つまり、管理だけはしていて、今は旦那様の避難所になっているということだ。

「もういいわ。旦那様がわたしに会いたくないということだけは分かったから」

「クロード様はリーシャ様にお会いしたくないということではございません。急な仕事で、向こうの方が都合がよいだけですよ。それに、言いすぎたことを後悔していらっしゃいました。少し頭を冷やしたいのだと思います」

「本当にそうならいいんだけど！」

何も言わずに別邸に行った旦那様に、わたしは怒りを露わにしてこっちからは絶対に謝ったりしないんだから！　と憤りながら部屋に逆戻りした。

◆◇◆◇◆

あれから、５日。

旦那様とは口をきいていないどころか、顔も見ていない。なにせ、旦那様は別邸に行ったままで、わたしとはいわゆる別居状態なのだ。

そのせいか、いつも穏やかな邸宅は今は緊張が走っている。

周りのみんなが、わたしにかなり気を遣っているのは分かっている。

あれこれ親切にしてくれているけど、みんなかなりわたしと旦那様の仲を気にしている。

夫婦喧嘩なんてよくある話だけど、仕える主人たちが夫婦喧嘩をしていれば、気にするなと言ったところで気にしてしまう。

そしてわたしは――

「リーシャ様、萎れすぎですよ」

「萎れてないし、元気ですけど？」

「カラ元気ってやつなのは分かりますよ」

初日は旦那様が何も言わずに別邸に行ったことに腹を立てていた。２日目になってもその怒りは持続して、３日目になってようやく冷静になってきた。

４日目には自分自身で何が悪かったのか考えて、反省もした。そして今日。

言いすぎたことに対して謝りたい気持ちがあるけど、別邸へ行く勇気がないまま時間が過ぎていった。

そんなわたしをミシェルは、全部分かってますよって顔して口を開いた。

「謝りに行きたいんでしょう？　お付き合いしてあげますから、行きましょう」

「……わたしの謝罪なんて旦那様は望んでないかもしれませんけど？」

「たまには素直になってもいいんじゃないですか？」

「今行っても旦那様はいないかもしれないし……」

「それならそれでいいじゃないですか。リーシャ様が来たことは、クロード様にも伝わりますし、それで向こうがなんの行動も起こさなかったらもっと怒ってもいいですよ」

ミシェルは、きっとそんなことにはならないと確信しているようだった。

今まで旦那様がわたしに向かって苛立ったことはないように思う。そのせいで、謝罪すれば許してもらえるという未来が見えないのだ。

知り合って短い時間を共に過ごしてはきたけど、わたしたちはお互いに関する会話が少なくて、相手の好き嫌いがはっきりと分かっていない。

話す機会はいくらでもあったのに、なんとなく自分の話題を避けていた。

「やっぱり疑われるのは気持ちいいことじゃないもんね……」

「それはそうですよ。前にも言いましたけど、それが普通です」

「実は、旦那様なら鼻で笑って終わりにするかとも思ったんだよね」

それは相手に甘えていたとも言う。

何を言っても許してもらえる――だから何を言ってもいいということでもないけど、どこかで旦那様の寛容さを信じていた。

「いつものクロード様ならそうだったでしょうけど、どうやらいつも通りではなかったみたいですから」

「やっぱりそうだよね？」

「僕は実際にクロード様を見てませんけど、周りの反応からすると外で何かあったのは間違いないですね」

とはいっても、結局わたしが旦那様に対して言ったことは、間違いなく相手を傷つけるために放たれたものだ。

旦那様もひどい疑いをわたしにかけたけど、お互い様と言えばその通りだ。

正直に話せば丸く収まったのは間違いないけど、あの時は素直に話すことができなかった。

そのせいで、今なお糸が絡まったかのようにこじれたままだった。

「わたし、説明に行ってくる」

「まあ、行動しなければ何も変わりませんからね」

謝罪に行くと言わないあたりひねくれているとミシェルは思っていそうだけど、中身が捻じ曲がっているのは旦那様の方だと言いたい。

「あれ、持っていくわ。説明するには必要だし」

「仲直りの品ですね」

「言っておくけど、あれはもともと渡す予定だったの！　別に仲直りのためではなくて――」

分かっていますよ、と口では言いながらも、ミシェルはどこかほっとしているようにも見えた。

別邸は、結婚当初に旦那様が邸宅に巣くう敵から身をひそめるために使っていた場所だ。

わたしもしばらくその別邸で暮らしていたので、どんな感じなのかは一通り分かっている。

正直、別邸というには大きく一般的な貴族の邸宅並みだ。

わたしが滞在していた当時は、旦那様がほとんどの時間を過ごしていたためか、しっかりと内部は整えられていた。

惜しむらくは、庭園が少々もの寂しい感じだったこと。管理はされていたけど、花は少なく緑が多かった。

旦那様が言うには、普段人を呼ぶこともないのだから、最低限で問題はない――ということらしい。

確かに、人を呼ぶ時は皇都にある本邸の方を使うのが当たり前と言えば、その通り。

つまり、旦那様の方針が変わっていなければ、今でも別邸は緑の多い邸宅だ。

そのはずが、なぜかすっかり様変わりしていた。

季節の花が植えられ、なんとも女性が好みそうな姿になっていた。

「なんかわたしの知ってる別邸じゃないみたいだわ」

「何かおかしいんですか？」

ミシェルは別邸を見たのは初めてらしい。

「いや、だって……。少し前まではこんな感じじゃなかった……」

見覚えのない邸宅に来たようで、落ち着かない。

一体どういうことなのかと、馬車の中から見ていると、門番として立っていた騎士がこちらに近づいてきた。

「失礼いたします、奥方様がお乗りでしょうか？」

「そうです。通していただいてもよろしいですか？」

対応するのはミシェルだ。

門番からの問いかけに同意し、門を開くように伝える。しかし、相手は顔を曇らせ、軽く首を横に振った。

「申し訳ございません。旦那様より、許可のある人物以外は通すなと厳命が……」

「こちらにいらっしゃるのは、旦那様の奥方であらせられる方ですよ。まさか、リーシャ様さえも通すなということですか？」

「……我々は、命令を行使するのみです。大変申し訳ありませんが、ここを通すわけにはまいりません」

ミシェルの困惑と同じくらい、わたしもまた困惑した。

ここまで徹底していると、何かあるのではないかと勘繰ってしまう。

「旦那様は今こちらにいらっしゃるのですか？」

「それについても、口外は禁止されております」

さすがリンドベルド公爵家に仕える者だ――いつもなら感動して拍手だってしている。

命令に対し厳格に履行（りこう）する姿は正しいけど、だからこそ旦那様の行動が怪しすぎる姿として映った。

「……帰りましょう。わたしに会いたくないのだから、わたしから何か言うこともないわ」

口ではなんてことないように言いながら、本心ではなんの事情説明もない旦那様に憤る。

確かに怒らせたのはわたしかもしれないけど！　だけど、これはあまりにもひどすぎない!?

顔も見たくないとしても、わたしを完全に排除するやり方は気に食わない。

説明もなく、いきなり放り棄てられた気分だ。

鬱々とそんなことを考えていると、門越しに前庭で庭仕事をしている人物がこちらを見ているのに気付いた。

青みの強い灰青の髪。

質素なドレスだけど、おそらく貴族階級かそれに近い国民ではないかと思う姿勢のよさ。

手には大きな花束を持ち、かすかに空を見上げる表情は柔らかく、手に抱えた花束の匂いを嗅いでいる姿は、愛情にあふれている。

それは間違いなく、あの日見た女性だった。

「やっぱり……」

呟いた声はささやかで、それでもミシェルの耳には届いていた。

ミシェルも、あの時見ていた。

故に前庭にいる人物が誰か気が付き、自分が悪いわけでもないのに慌てていた。

「いやいやいや！　リーシャ様、勝手に思い違いする前に、クロード様に聞いた方がいいですって！　この間はいろいろ言葉が足りなくて喧嘩になったの忘れたんですか？」

「喧嘩にさえなっていないかもしれないわね」

思えば、激しく罵り合ったわけじゃない。お互い冷たく相手を突き放したような感じで終わっただけだ。

貴族社会において、たとえ夫の浮気が明らかになったとしても世間体を守り、社交界で噂にならなければ黙認する妻は多いと聞く。

問いただし、盛大な罵り合いにあった方がいい笑いものだからだ。

妻側を擁護し同情しながらも、裏では嘲笑し馬鹿にするのが貴族。隙を見せたら、思いもよらぬところで足を掬われる。

「やっぱりやめておく。何か事情があるのなら、きっとそのうち旦那様の方から話してくれるだろうし……」

「いつも以上に弱気ですけど、僕が行ってきてもいいですよ？」

「夫婦喧嘩の仲裁は面倒じゃない？　それに、今顔を合わせたらまた言わなくていいこと言いそうだから」

今日は、喧嘩の続きをするために来たわけじゃない。

それに、どちらにしても中に入ることもできないのだから、わたしにはどうすることもできない。

優秀な門番に無理を通して、彼らの立場が悪くなることはわたしも本意じゃない。

「旦那様に、わたしが来たことを伝えることくらいはお願いできる？」

「それでしたら……」

最後にちらりと見た彼女は、慌てたように邸宅内に駆け込んで行った。

まるで誰かに助けを求めるような行動に、わたしがイジメたような気分になった。


「なんか気晴らししたい気分だから、どこかお店によってお茶でもして帰ろうかな」

「分かりました。いいところがあるので、ご案内しますよ」

「ミシェルって、本当に女性向けの店詳しいよね」

「役立つでしょう？　僕は」

「有能なのは認めてるよ。旦那様もミシェルのことは認めているし」

わたしの一番近くにいるミシェル。

正直、旦那様よりミシェルの方が年齢が近いし、異性として一番接している相手でもある。

だけど、旦那様はわたしとミシェルの関係について何か言ったことはない。

ふと、どうして何も言わないのか気になった。

わたしに無関心だからか、それとも……。

「クロード様は僕のことを脅威に感じていないんですよねぇ」

「はい？」

ミシェルがわたしの言いたいことを先回りして答えをくれた。

「ですから、自分の方が男として格上だという自信があるし、僕はクロード様の目に入るところにいるから変な真似はできないじゃないですか。リーシャ様に対して最も安全安心な男という意味です」

「確かに、ミシェルとどうこうなる未来って見えないわ」

と言うよりも、ミシェルは男というよりも女友達感覚だ。

男だけど、男として見えない。

「だからこそ、外の男を警戒してるんでしょう。リーシャ様は美人ですし、何より若いから心配になるんですよ」

「……美人かはともかく、若いから心配になるっていう意味が分からないんだけど」

わたしは首を傾げた。

「クロード様とは年が結構離れてるでしょう？　若い女性はやはり自分と話が合う同じ年頃の男性を好むものです」

そういうものかなぁ？　むしろちょっと年上ぐらいの方が、安心感がある気がするんだけど。結婚するにしても人生経験が豊富な人とした方が、何かあった時に対処してもらえるし。

「リーシャ様、クロード様とその辺の男を比べてはダメですよ。クロード様はできすぎなくらい魅力的な人ですから比較対象外です。いいですか？　一般論です。男性は若い美人な女性を連れ歩くことでマウントとったりしますけど、女性の場合はどうですか？　年上の年取った男性をそのように連れ歩くことはしないでしょう？」

確かにそうかもしれない。

むしろ、年上すぎる相手との結婚は何かあると疑われ、憐れまれることの方が多い。

「お互いに好意があるのならともかく、そうでないのなら女性側だっていろいろと楽しみたいと思ったりもするでしょう」

いろいろね。

言葉を濁しているけれど、その意味は明白だった。

「それでわたしもそうだと思われても、困るんだけど！」

「クロード様だって本心じゃないですよ。リーシャ様の家庭環境がどういったものかよくご存じなのですから、ご本人であるリーシャ様がそういったことを嫌うのはよく分かっているはずです。分かっていても、疲れていたりするとつい口にしてしまうことがあるのが人間というものです」

「ミシェルはどっちの味方なの？」

「僕はどちらの味方でもないですよ。まあ、今回で言えばどちらかと言えばリーシャ様ですけど、同じ男としてちょっとクロード様に同情する面もあるというか……」

最後は独り言のように小さくぶつぶつ呟いた。

「とりあえず、寄り道して気分を変えるというのは賛成です。美味しいお菓子でも食べて気分を変えましょう」

付き合いますよ、とミシェルが言い馬車の方向を指示していた。

とは言われたものの、今は一人でいろいろ考えたい。

ミシェルは一人にさせられないと言っていたけど、テラス席に座って姿が見えるようにするという条件で、一人になることを認めてくれた。

そうして一人になったのは、いい。それはミシェルに頼んだことだから。

だけど！　どうして一人になった途端、人に囲まれなくちゃなんないのかな⁉

それは、お茶が運ばれてきて甘いお菓子が綺麗に盛り付けられて並べられて、さあ食べようとしたその時だ。

「あらまあ！　リンドベルド公爵夫人ではございませんか？」

驚いたような声を上げ、こちらに近づいてきたのは、わたしの親世代だと思われるご婦人。

どこかで見たことあるなと一瞬考え、すぐに思い至る。

バーデン侯爵夫人に、その付き人的存在のシリック伯爵夫人にアゲイル伯爵夫人。

この3人は社交界ではかなり有名な人物だ。皇妃陛下と同年代で、仲がいい。つまり、現在の女性序列の陰のトップ集団。

そのため、先日の事件以降わたしのことを目の敵にしていてもおかしくない。

実際、絶対思惑があって近づいてきている。

わたしの方が序列は上だけど、若輩者として席を立った。

「直に言葉を交わすのは初めてですね。シャーリー・バーデンでございます。こちらはわたくしのお友達のシリック伯爵夫人とアゲイル伯爵夫人ですの。どうぞよろしくお願いいたします」

「リーシャ・リンドベルドです。若輩の身ではありますが、よろしくお願いします」

お互い、礼儀正しく挨拶を交わす。

じっくり観察する目つきに、ひくりと口元が揺れそうになりながら、できればさっさと立ち去っていただきたいものだと考えていた。

しかし、相手は立ち去るどころか堂々と要求をしてきた。

「よろしかったらわたくしどもと相席しませんこと？　ぜひお教えしたいことがございますの」

絶対ろくでもないことですよね？　それぐらいは察しがよくない人でも分かりますよ！

「ほら、皆様もお座りになって——、ああそこの！　こちらにお茶を運んでくださるかしら？」

こちらがお断りするよりも先に、先手を打ってバーデン侯爵夫人が空いている席に座り、同伴者の2人も当然のように席に着く。

「あらまあ、リンドベルド公爵夫人もお座りになって？　それとも、わたくしどもとお茶をするのはそんなに嫌かしら？」

「いえ、そんなことはございません。まだ若輩の身の上。皆様方とお話が合うのか少し戸惑ってしまいまして」

絶対に嫌です、というわたしの態度をぜひとも感じ取って去っていただきたいものだ。

「まあ、そのようなことをおっしゃるなんて、お母様からはきちんと教育を受けていらっしゃらないのね？　話を合わせるのが若輩者の務めでしてよ。そのようなことも知らないのですか？」

「あら、シリック夫人、気の毒なことはおっしゃってはいけないわ。リンドベルド公爵夫人は早くにお母様を亡くされて、義理の母親はねぇ？　あ、お気を悪くされたかしら？」

くすくす笑い合う3人は、間違いなくわたしを貶めるために話を盛り上げている。

というか、きちんと教育を受けてきた令嬢は、嫌味に耐えてにっこり笑ってただ話に相槌(あいづち)を打つのが正しいってことかしらね？　話が合わないからご一緒したくないって言ったのは、間違いだったみたいだわ。

公式的な序列はわたしが上でも、女性の社交序列的にはわたしは彼女たちよりも下になる。

むしろ、知り合いも少ないわたしを社交界から追い出すようなことだってやろうと思えばできる。

ただし、そんなことをすれば自分たちの立場も危うくなる可能性があるので、おそらくそこまではやらないだろうけど。

少なくとも、わたしが表に出てこないようにするくらいはやってのけそうだ。

彼女たちの社交界での立場は絶大なので、できることなら穏便に済ませたいところだけど、果たして逃がしてくれるのだろうか。

「ほら、お座りになってください。立ったままではわたくしたちも首が疲れてしまいます」

このまま帰宅しようかしら……。

礼儀知らず、社交のルールを知らない愚か者、そう言われてもここにいるよりかはマシな気がした。

ただでさえ、今はあまり楽しい会話をしたい気分ではない。

「申し訳ありませんが、わたくし、このあと用事がありまして。またの機会にしていただきたく思います」

「あら、そうなのですか？　もしかして公爵様とお出かけでしょうか？」

何か含みがあるような問いかけに、わたしは気付かないふりをした。

「そうなんです。そろそろ待ち合わせの時間ですので失礼いたします」

完全な嘘だけど、旦那様をだしにしておけば、たいていは引き留められないのは経験上知っている。

わたしを引き留めることは可能でも、リンドベルド公爵家の当主が待っているのに引き留めていたら、旦那様からの心象が悪くなるからだ。

こういう時、絶大な後ろ盾があると言い訳も楽だ。

しかし、相手はわたしのその一言を待っていたかのように、口角を上げて困ったように微笑んだ。

それは大層意地の悪い笑みだ。

「ご夫婦仲がよろしいのは喜ばしいことですわ。それとも、今日は夫人へのご機嫌取りなのかしら？」

バーデン侯爵夫人はまるで微笑ましいとでも言うように、ふふふと笑うけど、他の2人のご婦人はクスクスと馬鹿にしたように楽しそうに笑った。

「……どういう意味でしょうか？」

「あらあら、まさかご存じないのですか？　それとも全て知っていて寛大に許していらっしゃるのかしら？」

余計なことを言ってしまったかしら？　と困惑する横で、アゲイル伯爵夫人が何も知らない方が可哀相ですわ、と同情するようにわたしに顔を向けた。

「バーデン侯爵夫人、はっきりとおっしゃっていただけないでしょうか？」

「いやですわ、最近の若い方は。会話を楽しまず、すぐに結論を聞きたがるんですもの」

どこに会話を楽しむ要素があったのか、ぜひとも伺いたい。

悪意を含んだ会話をさっさと済ませたいと思うのは、当然だと思うけど。

バーデン侯爵夫人をじっと見つめていると、彼女はふっと口元を緩ませしぶしぶといった様子で口を開いた。

それは、本当は本意ではないけどわたしが頼んだのだから仕方なく、という雰囲気だ。

「わたくし、見ましたのよ。5日前、リンドベルド公爵様が女性と一緒に宿泊施設に入っていく姿を。まだお昼にもなっていない時間です。まさかと思いましたわ。公爵様は新婚ですし、夫人のことを愛して結婚されたと伺っていましたから」

まさか、あの現場をわたし以外も見ていたとは……。

いや冷静に考えれば、おかしい話ではない。

確かに人通りは多くはなかったかもしれないけど、ミシェルがお勧めするような店も少なからずあるのだから、貴族のご婦人方がその場にいたとしてもおかしいことではなかった。

しかし、一応夫の名誉を守るのは妻の役目。

たとえそれが真実であろうとも、肯定するわけにはいかない。

そもそも、本人かどうか、わたし自身分かっていないのだ。

「見間違いではないのですか？　夫はその日皇城で仕事をしていたはずですが？」

「そうなのですか？　ですが、わたくしも貴族の端くれ。リンドベルド公爵家特有の髪の色を見間違えたりはしないと思うのですが……」

わたしも同じだ。

むしろ誰よりもあの色を側で見てきた。

だから、５日前に見たものが染めたものかそうでないかくらいは。間違えたりはしない。

でも――。

「全て分かっていらして冷静さを失っていらっしゃらないのでしたら、さすがでございます。夫の浮気に気付いていても、知らぬふりをするのが正しい妻の務めですもの」

一人になりたいとミシェルを離したのは間違いだったと、ものすごく後悔した。

ミシェルがいれば、上手いこと言って抜け出すくらいはできたけど、３人に囲まれているこの状況では無理矢理話を終わらせない限り無理だった。

そうしてもよかったけど、まるで逃げるみたいでそれはそれで嫌だった。

確かにわたしと彼女たちの派閥は、現時点では仲がいいとは言えないけど、どうして懇切丁寧にそんな話を切り出したのか。

それは、わたしが気に食わないからだ。

皇女殿下ならまだしも、自分たちの娘よりも明らかに格下のわたしがリンドベルド公爵家の正妻の座を射止めたことが心底腹立たしいのだ。

結婚したら未婚の令嬢との付き合いよりも、結婚した奥様方との付き合いを優先するものだ。年齢差があろうとなかろうと、関係ない。

いつぞやの伯爵夫人のように余計なおせっかいを焼く人はどこにでもいるけど、婚姻歴の長いご婦人方は、結婚したての未熟な若者を教え導くという名目でイジメたりする。

理由はさまざまだけど、しかしそれでも彼女たちなりにターゲットにする人は決まっていた。

目障りな相手は、そうそうに潰しておくのに限る。

そして、今一番彼女たちにとって目障りなのはわたしだということだ。

わたしがいなくなれば、次のリンドベルド公爵夫人に自分の娘がなれる可能性があるからだ。

皇妃陛下の派閥だからと言って、全員が真の味方というわけではない。虎視眈々（こしたんたん）と利を狙って爪や牙を隠している。

でも、だからってなぜに、夫の浮気を平然と教えるのかその神経が知りたい。

「でも仕方がないのかしら？　リンドベルド公爵様はとても魅力的な方ですもの。結婚しても、お情けをいただきたいと思う方は大勢いますわ？　それに、ねぇ？　そんなに細くてはいろいろと大変でしょうし」

あからさまに、わたしをじろじろと見回して鼻で笑った。

貧相な身体では満足させられない、とでも言いたいわけですか？

「公爵様は精力的な方ですものねぇ」

まあ、旦那様は確かに美丈夫だし、結婚したあとだって一夜でいいからっていう人はいるだろう。

そして、今まさに旦那様が浮気しているのだと囁いて、わたしを貶めようとしている。

わたしだって、旦那様のことは疑った。

本心ではなかったけど、売り言葉に買い言葉的に相手を傷つけるようなことを言った。

だけど、今こうして目の前で旦那様の浮気を囁かれて、わたしは非常に不愉快だった。

疑いはしたけど、本当に疑っていたわけじゃない。

それなのに、他人にここまで言われるとふつふつと怒りがわく。

「憶測だけで言葉を紡ぐのは、よい趣味とは言えませんわ」

わたしは怒りを抑えて、ゆっくりと微笑む。

「あらぁ、憶測ではありませんわ。実際、何人も見ていらっしゃるのですもの」

「ええ、わたくしもその現場を偶然にも見ておりました。髪の色が夫そっくりだったので、まさかとは思いましたが、わたくしは夫を信じておりますので」

余裕ある大人のように、悠然と構えた。

そうだ、わたしは旦那様のことをここにいる誰よりも知っている。

腹黒いし、鬼畜だし、いつも意地悪いことを考えている人だけど、人との付き合いには誠実だ。

わたしにだって、そうだ。

わたしが怒っていても、無視することなく側にいるし、話を聞いてくれる。

面倒なわたしの家族の対処もしてくれたし、何度も守ってくれた。

「夫は不誠実な方ではありません。少なくとも、事情があって女性を受け入れたいというならば、わたくしにはきちんと説明してくださいます。皆様こそ、夫の名誉を傷つけたいというのならば、リンドベルド公爵家は容赦いたしませんわ」

わたしごときが旦那様を守るとは言わない。あの人は誰かに守られるような人じゃないから。

だから、これは完全に個人的な感情だ。

自分の夫である旦那様を悪く言われて、黙っているわけにはいかない。

わたしを傷つけたいために言ったことでも、旦那様を悪く言われるのは我慢ならなかった。

「な！　し、真実を教えて差し上げているのに」

「あなたの真実とわたくしの真実は全く違うようです。少なくとも、わたくしとあなたとでは夫に対する認識がかけ離れていることは分かりました」

「わたくしたちは、夫人にも知る権利があると思いわざわざ教えにきたのですわ！」

「夫の浮気を妻に教えるのが親切なのだとしたら、わたくしも見習わなければなりませんね。なにせ、わたくしよりも長い結婚生活を送られている皆様の助言ですもの。ぜひとも参考にいたしますわ」

本当のところは、腹が立って仕方がなかった。だけど、それを抑えて微笑んだ。

人に喧嘩を売るのなら、やり返されることを考えていただきたい。そう、同じことをやられても、文句は言えない。

ミシェルあたりに聞けば、彼女たちの絶対面白い話題の1つや2つ知ってるだろうし、弱みを握っておくのは生きていくために必要なことだ。

うん、なんか段々旦那様に考えが似てきた気がするけど、気のせい気のせい。

「これだから最近の若い者は、礼儀を知らなすぎて困りますわ」

苛立ったように、バーデン侯爵夫人が言った。

「本当に。このような性格だからリンドベルド公爵様も、嫌気が差すのではないのでしょうか？」

はぁ？　何がなんでも旦那様の浮気を話題にしたいわけ？　もしかして、わたしなら何を言っても大丈夫だとでも？　そもそも、これは旦那様の名誉を傷つけている行為でもありますけど、自覚あるの？

後ろ盾はリンドベルド公爵家。

だけど、旦那様が浮気してわたしの扱いが下がっているのなら、リンドベルド公爵家の力を使って何か制裁を加えることができないとでも思ってるようだ。

実際、わたしにはそんな権限はないわけだけど。

このまま話を聞き続けても精神衛生上よろしくないと感じ取り、逃げたと思われてもいいから席を離れようとした。

――その時。

「なかなか興味深い話をしてますね。教養のあるご婦人方なら、もっと優雅な話でもしているのかと思えば、どこにでも下衆な勘繰りをする輩はいるもので驚きです」

耳に残るような美声が、楽しそうな笑い声と共にわたしたちに向けられた。

全員が声の主を確認し、わたし以外の全員が、気まずそうに眼を伏せ誤魔化すように笑う。

「ま、まあ公爵様。このようなところにどういったご用件でしょうか？」

「妻のいるところに夫がやってくるのは、珍しいことだとは思いませんが？　なにせ、彼女とはこのあと用事がありますので」

「ほほほ、そうでしたわね」

用事の部分をわざと強調して、わたしの隣に立つ旦那様。

一体どこから聞いていたのか、ぜひ教えてください！

どうしてここにいるのかとか、何をしに来たのかとか、さまざまな考えが浮かび上がりながら旦那様を見上げると、相手は上機嫌に笑う。

「最近、少々妻とすれ違うことが多かったのでおかしな噂が出回っているようですが、そのような事実はありません。彼女の言ったように、私は不誠実な男にだけはならないと父の背を見て決めたものでして」

「そ、それは素晴らしいですわ……」

この場の主と化しているバーデン侯爵夫人が、気まずそうに口元に扇を当てた。

全員が旦那様から目を逸らす。

気まずい、ものすごく！　旦那様のお父様がどういった人かは社交界じゃ有名だから、余計に何も言えない！

　旦那様のお父様が女性好きというのは有名で、さらに自分の父親のことを嫌っているというのも有名だ。

　それなのに、まるで自分の父親と同じことをしていると言われれば、それは旦那様にとっては最大限の侮辱でもあった。

「リーシャ」

「はい！」

　思わず声高に返事をすると、旦那様が非常にやさしい眼差しでわたしに触れた。

「いろいろとすまなかった。私が疑ったことに対して、リーシャが怒るのも当然だ。もし許してくれなくとも、仕方がないと思う」

　え、え？　ここで謝罪ですか？

　というか、どうしてこちらにいらっしゃったのか、聞きたいのですが？

　でも、とりあえず……。

「こちらこそ、先日は少し言いすぎました。反省しています」

「私も言いすぎた。リーシャが悪いわけではないのに……」

　なんとなく釈然としないけど、謝罪を受け取り、こちらも謝罪した。

先日とは打って変わってご機嫌そうな旦那様の機嫌を損ねるよりも、そうそうに終わりにしておきたい。

「ああ、そういえば……」

旦那様がわざとらしく言葉を切り、ちらりとバーデン侯爵夫人を見下ろした。その目が細く獲物を捕らえた獣のように見えたのは、見なかったことにした。

旦那様は静かにゆっくりと言葉を繫げる。

「ご息女の婿殿は、若いながら精力的に仕事をなさっているようですね」

「え、ええ！　そうなんですの。素晴らしい婿をもらったと思っていますわ」

「時折、皇城でお見かけします」

ただの挨拶……？　いや、旦那様がわざわざそんなことするはずない。

変な確信が芽生え、この会話の行き着く先はどこなのか黙って聞く。

「そうですか！　ぜひともリンドベルド公爵様にもご指導賜りたいですわ」

「私などまだまだ若輩の身ですので、ご辞退いたします」

バーデン侯爵家は娘2人しか子供がいない。そのため、長女が婿を取ったのは知っている。

その婿殿を旦那様が皇城で時折見かける——というのは分かったけど、それがどうした？

「若い女性の秘書官と夜遅くまで仕事をしている姿には、感心いたしました」

その瞬間、空気が凍ったような気がした。

「……しかし、お子も生まれるというのに遅くまで仕事とは、なかなか大変ですね」

「子、ども……」

「ええ、そのような話を秘書官殿とされておりましたので、てっきりお子が生まれるのかと思いまして……どうやらバーデン侯爵夫人の顔を見ますと、私の勘違いだったようです」

いや、絶対勘違いじゃないでしょう！　全て知っていて話しているでしょう!?　そ、それはつまり……アレだよね？　娘婿とその秘書官が——ってこと？

バーデン侯爵夫人の顔が強張り、お友達２人が面白いものを見つけたかのように目を光らせた。

バーデン侯爵夫人は若干ひきつった笑みを浮かべたけど、さすがに醜態(しゅうたい)をさらすこともなく受け答えた。

「わたくしも娘婿の秘書官については知っておりますわ。優秀な方ですの。娘も夫の仕事に関してはきちんと理解しておりますから、心配なさらないでください。子供のことは、きっと公爵様が聞き間違えたのですね」

バーデン侯爵夫人が完全に否定するけど、果たしてお友達の方々は納得してくれるのか非常に気になった。

「あら、そうなんですか？　もしお祝い事ならば祝福しなければと思いましたのに」

「お、お気持ちだけ受け取っておきますわ」

お友達であろうと、裏では一物（いちもつ）抱えている。

彼女たちは気の合う友人なのかもしれないけど、相手が攻撃対象に変わればあっさりと見切りをつけるような浅い関係であることを知った。

社交界って、本当に怖い……。そう考えると、ミシェル経由で知り合った子たちはみんないい子でよかったわ……。

「その場でお祝いの言葉を言わずによかったです。聞き間違いならば、私が恥をかくところでした。もし、お子ができたのならあらためて祝いの品を送りましょう。リーシャ、一緒に帰ろうか」

「あ、はい……」

相手への攻撃材料を投げ落とし、旦那様はさっさと話を締め括ると、わたしを連れ出した。

すれ違う間際、旦那様はさらにぼそりとつけ加えていた。

「大勢の前で祝いの言葉を伝える前に聞き間違いに気付いてよかったと思います」

それは、これ以上こちらを敵に回すなら、娘婿の不始末を社交界で流すと言っているのでしょうね……。旦那様を敵に回すと怖いです。

バーデン侯爵家がこの先どうなるのか、ものすごく気になってしまいました。

「無事連れ出せました？」

近くに止めていた馬車に連れて来られ、扉を開けると中にいた人物に目を見張る。

「あなたは……」

「メアリーとお呼びください、夫人」

馬車の中にいたのは、旦那様との浮気相手——と目(もく)されていた女性だった。

一体どういうことなのか旦那様を振り返ると、とりあえず馬車に乗るように促される。

旦那様と横並びで座ると、すぐに馬車が動き出した。

この状況、ぜひとも説明を願いたい。

「ご無事で何よりでしたわ」

「はぁ……」

「あの方々は、一度目をつけられると本当に厄介な方たちですから。ですが、特に助けは不要だったかもしれませんね」

「えーと？」

「公爵様をあの場にお呼びしたのは、わたくしです。奥様をお助けすれば、少しは仲の改善に繋がるかと思いまして。ですが、予想以上の結果になったようですね」

よく分からないけど、一つ分かったのはあの場に旦那様がタイミングよくやって来たのは彼女が仕向けたことだということだ。

「別邸にいらっしゃっていたでしょう？　馬車が去って行くところを見かけまして、慌ててあとを追いましたの。わたくしのせいでお2人の仲がこじれるのは本意ではありませんもの」

ふふふ、と笑う彼女は迫力のある美人というよりも、温かみのある家庭的な美人だと思った。

笑みがやさしくて、なんとなくリルを彷彿とさせる。

だけどいいかな？　彼女は一体何者なのか、ぜひとも伺いたいんですけどね？

「話はそれまでにしてくれないか？」

「あらまあ、奥様を一方的に詰(なじ)って傷つけて、ものすごく落ち込んでいたのは一体どなたなのかしら？」

ぐっ、と言葉を詰まらせ、旦那様が咳払いで誤魔化そうとした。

「わたくしはその程度では誤魔化されませんよ？」

笑っているのに、怒っているような表情に、わたしの方が恐る恐る問いかけた。

「……あの、申し訳ないのですが」

「なんでしょう？」

「旦那様とは一体どういうご関係なのでしょうか？」

メアリーが、頬に手を当てて旦那様に目で伺いを立てていた。

言ってもいいのか、ダメなのか。

旦那様は一瞬口ごもったものの、すんなりと相手の素性を話してくれた。

「……メアリーは幼馴染(おさななじみ)だ」

「……幼馴染？」

困ったようにメアリーがため息をつく。

「クロード様とはリンドベルド公爵領で共に育った仲なんです。先に言っておきますが、わたくしは結婚しております。夫と共に、今はリンドベルド公爵家に仕えていますの」

「そう、なんですか」

幼馴染ということは、かなり旦那様に近い人間だ。しかし、彼女はリンドベルド公爵領でも見たことがない。

こんなに気安い関係なら、おそらく一番近くで仕えていてもおかしくないのに。

それに彼女の正体は分かったけど、いまだに残る疑問がある。

それは、５日目前の出来事。

あのホテルに入っていったのは、一体メアリーと誰だったのかということだ。

「これ以上はわたくしから説明するよりも、クロード様から説明した方がよろしいかと思います」

「おい！」

「ほら、クロード様。奥様はきっとわたくしの口からよりもクロード様から伺いたいと思いますよ？」

旦那様をこんな風にあしらえる女性を初めて見た。ロザリモンド嬢とはまた違ったタイプで、旦那様をやり込めている。

まるで旦那様にとっては、姉のような存在だ。

幼馴染とは言っていたけど、すごいと感心した。

「何もおっしゃらないと、あることないこと吹き込んじゃいますよ？　そうですね……例えば――実は義理の母です、とか？」

ぱちんとウインクをして、愛嬌たっぷりにメアリーが言った。

「違う！　勝手なことを――！」

間髪入れずに旦那様が否定し、わたしはぽかんと口を開けて2人を交互に見た。

義理の母――ってことは旦那様のお父様の奥様で……え、と？　わたしにとっても義理の母で……？　結婚してるっていうのは、そういうこと!?

「リーシャ、真に受けるな！　彼女は父とは関係ない！」

「正確には使用人ですので、関係ないというわけではありませんけどね」

もう何がなんだか分からず頭がこんがらがりそうだ。

「まあ、さすがに大旦那様に手は出しませんわ」

手を出されるのではなく、手を出すと言っている当たり、彼女の人となりが少し見えた気がした。

「正しい選択だ。そして、ぜひとも次の機会には父を止めてくれることを祈ってる」

「それは難しい相談ですわね、一応わたくしどもの雇い主は大旦那様ですもの」

「監視業務が含まれているのを知っているか？」

「あら、そうでしたか？　でもわたくしが知らせるよりも早く駆けつけてきたのですから、わたくしどもが監視する必要はないと思います」

ぽんぽんと言葉の応酬が続き、その端々から情報を得て勝手に考えをまとめていくと、こうなる。

メアリーはリンドベルド公爵家の使用人で、現在は大旦那様──つまり旦那様のお父様にお仕えしている、と。

その時になって、ようやくわたしは重大事項に気付く。

「……あの、もしかして今前公爵様が皇都にいらっしゃっているんですか？」

「それに関してはあとで話す」

お父様の話題が出た瞬間、旦那様は不機嫌そうに腕を組んで眉間に皺を寄せた。

旦那様がばっさりと話を切ったので、さすがにそれ以上は聞けないわたしに対して、メアリーが旦那様の態度を呆れたように指摘した。

「まったく、クロード様の気持ちは分かりますが、少しは歩み寄る努力をされてみたらいかがですか？」

「それを放棄しているのは向こうだ」

「その融通の利かないところは、もう少し直した方がいいかもしれませんね」

これ以上は無駄だというように、メアリーが諦めてため息を吐き出す。そして、2人の会話を大人しく聞いていたわたしに向かって頭を下げた。

「奥様、この度はいろいろと誤解を招くようなことをしてしまい、申し訳ありませんでした。詳しいことはクロード様に伺ってください」

メアリーの言う通り、詳しいことは旦那様に聞くのが一番だ。

馬車の向かう先はリンドベルド公爵家の皇都邸だったけど、旦那様は一度馬車を止めメアリーを下ろした。

「これから大旦那様のあとを追いますので、わたくしはこの辺で失礼いたします。奥様、クロード様は冷たいところもありますが、奥様のことは大事にしていらっしゃいますので、そこは信じていただいても間違いはないですよ」

馬車から降りていき最後の挨拶を交わすと同時に、わたしに向かって旦那様のフォローをする。

旦那様は不機嫌そうにしていたけど、どこかせいせいしているようにも見えた。

メアリーと別れ、わたしと旦那様は邸宅に戻った。

話すことはたくさんあったし、わたしも話したいことがあった。

何も言わずに、旦那様は自分の部屋にわたしを連れて行く。

そういえば、わたしは旦那様の部屋に入ったことがほとんどないことに思い至った。

用がある時はいつも執務室で顔を突き合わせていたし、わたしの部屋で話すことも多い。

「珍しいものは特にないぞ」

ソファに座り、物珍しくなって部屋を見回していると旦那様がそう声をかけた。

「さて、一体何から話せばいいのか……」

「それなら、わたしの方からいいですか？」

旦那様の中で話すことがまとまっていないのなら、ぜひとも聞きたいことがあった。

旦那様は軽く頷き、わたしに先を促す。

「その……口論になった日に、わたしとミシェル、ロザリモンド嬢は旦那様がメアリーを連れてホテルに入っていく姿を見たんです……。正確には、旦那様とそっくりな後ろ姿というのが正しいのですけど」

そもそも、バーデン侯爵夫人一行が指摘してきたことは、この場面が起点となっているのだ。ぜひとも、はっきりさせたいことの一つだった。

本当は、当日にさりげなく聞くはずだったんだけど、5日もたってようやく聞ける。

旦那様は「それか……」と深々とため息をつき、眉間に深い皺を寄せた。

そして、覚悟を決めたように淡々と答えをくれた。

「間違いなく私だ。ただ、やましいことは一切ない」

「それはなんとなくメアリーとの会話で分かります。お父様が皇都にいらっしゃっていたことと、何か関係があるんですよね？」

再び息を吐き出し、旦那様の表情が険しくなっていく。

「私の父がどういう人物か、軽く説明はしたと思う」

「えーと……まあ」

旦那様のお父様は歴代公爵の中でも優秀でなく、女性遊びが激しいことくらいは聞いている。

「一番近い身内の恥を言いたくはないが、父が皇都に戻ってきた知らせを受けて、厄介なことをしでかす前に捕らえるため、あの日出かけたんだ」

あの日というのは、わたしが出かけた日のことだ。

皇城での仕事ではなく、ある意味それ以上に旦那様にとっては厄介な案件。

「メアリーとはホテルの前で落ち合って、彼女を連れて中に入った。つまり、あの時見たのは間違いなく私だ」

「えーと？」

「お義父様は何をしに皇都に？　旦那様の顔を見に来たのでしょうか？」

「そんなはずはない。そして、父が息子に用がないとすれば目的は一つだ」

「リーシャの顔を見に来たに決まっているだろう。しかし、まともに正面切って皇都邸に来れば、私が許さないことも知っている。故に、一度ホテルに滞在先を作り、そのうち何かの機会で偶然を装って会いに来たはずだ」

「……わたしは別に会っても問題ないんですけど？」

そもそも、親が生きているのに自分の結婚式に呼ばないというのは常識的にどうなんだろう。わたしも人のことは言えないけど。

旦那様はわたしの両親には顔を合わせて結婚の許可をもらいに来ていたけど、わたしは旦那様のお父様には会ったことがない。

それはそれでわたしへの印象は悪くなりそうだ。

「私が会わせたくなかったんだ」

「なぜ?」

「リーシャは自分の親を友人関係に紹介したいと思うか?」

それを言われると、何も言えない。

正直、結婚相手にだって紹介したくない類の全く自慢できない親だ。

「まあ、そういうことだ。礼儀として手紙を送ったんだから、義理は果たしたと思っている」

「嫁の立場から言えば、そうは言っていられないんですけどね」

「もしリーシャに対し何か不満を口にすることがあったら、生涯国を追放される覚悟をしてもらうしかないな」

冗談なのか本気なのか迷う答えに、とりあえず冗談だということにしておいた。

旦那様の顔は本気っぽそうだけど、気にしたら負けだ。

「それでお義父様はどちらに? なぜこちらにお連れにならなかったんですか?」

「父は、別邸に監視付きで押し込んだ。あれこれ不満を述べていたが、私の知ることじゃない。

勝手に戻ってきて騒ぎを起こされるのは我慢ならない」

相当お義父様のことを嫌っておりますね、旦那様……。わたしも人のこと言えないけど。

「だけど、どうして旦那様まで別邸に行かれたんですか？　顔を合わせるのも嫌だと言っていたのに」

「監視というのは、私のことだ。他の人間では、どうしても監視の目が緩くなる」

「……散々旦那様からお義父様のことを聞いておりますが、そのうち嫌でも会うことになると思います。個人的にはなるべく早くお会いしたい気持ちはありますが……」

「正直に言えば……私と父は姿は似ているが、性格は天と地ほどに違う」

でしょうね。

話を聞いている限り、旦那様は非常に真面目で堅苦しい感じですけど、お義父様はその逆を素でいっていそうだ。

「……ある一点において、私は父に負けていることも自覚している」

「素直に負けを認めるなんて、珍しいですね」

「私から見れば、苛立たせる陽気な性格だが、人が好きになるのは陰気な男より陽気な男だろう？」

あ、自分が陰気な男だってことですね？　まあ、旦那様が陽気で接しやすいと思う人の方が少ないでしょうしね。

心持ち、少し落ち込んでいるような気がして、そんなに自分の父親に負けている部分があるのが嫌なのかと驚いた。

人の評価など気にしない人なのに、お義父様のことは過敏に反応するあたり、やはり親子の縁というのは難しい。

わたしも父親と完全に縁を切る覚悟で、決着をつけたけど、それが正解だったかどうかはよく分からない。

「それで？　私への疑いは晴れたのか？」

「そもそも、疑ってはいませんでしたけど？」

「あれだけ疑ってますって顔で詰め寄って来たのにか？」

くくっと旦那様が短く笑う。

「今度はそっちの番だ。エンリックの店で一体何をしてたんだ？」

「あ……、それは」

旦那様に言われて、お店で買ったものの存在を思い出す。

わたしは膝の上に置いてあるバッグの中から包装された小箱を取り出し、無言で旦那様の方に突き出した。

旦那様は何事だという目でこちらを見ていたけど、わたしが手に持つものに気付くと、それは何かと無言で問いかけてきた。

買った時からずっと化粧台に置きっぱなしになっていた、少しいびつな包み。

綺麗に包装してもらったのに、今は形が崩れ包装に皺が寄っていた。

本当はもう一度包装し直してもらうこともできたけど、時間もなかったので仕方なくそのまま渡す。

「これを買っていました。いろいろお世話になっていますから、お礼も兼ねて旦那様に」

「私に？」

驚いている様子の旦那様が、わたしから包みを受け取る。

手のひらの上でじっくりと見分するように見られて、言い訳のように慌てて付け加えた。

「ちょ、ちょっと諸事情で潰れかけておりますが、中身は無事ですので、問題ありません！」

「開けてもいいか？」

「どうぞ」

人に何かプレゼントする、という行為をほとんどしたことがない。

今、自分の心臓がどきどき鳴って、身体はそわそわしている。

どことなく気恥ずかしくて、気に入ってもらえるだろうかと心配になってきた。

買った時は、これが一番いいと思ったけど、実際渡すとなんかもっといいものがあったのではないかと思ってしまう。

いや、もともとお礼のささやかな品だし、喜ばれなくても気持ちの問題だし！

「タイリングか」

「はい。今の主流は、ブローチのように人の目に留まるような大きなものですが、もともと旦那様は華美を好んでいませんし、普段使いならこれくらいの方が使いやすいかと思いまして……。ですが！　品はよいものですよ？」

旦那様が手に取って、ゆっくりと全体を見回す。

そして、嬉しそうに笑みを浮かべた。それは、わたしが初めて見るような心底喜んでいるような穏やかで、やさしいものだった。

「これを買うために、店に行ったのか。さりげなくエンリックにリーシャが何をしに来たのか聞いてもみたが、あれも一応商人だ。顧客の情報は渡さなかった」

わざわざ聞きに行くほど、わたしのことを疑っていたのかと思うと、いきなり裏切られた気持ちになった。

わたしの顔つきが変わったのを感じ取った旦那様が、すまなかったと短く謝罪した。

「悪かった。本当はそんなことをしようとは思っていなかったが、誰に何を買ったのか気になったんだ。リーシャの行動を見ていれば、外で男を作るなど無理だし、それなら一番可能性があるのはラグナートだろう？　だから少し嫉妬した」

「嫉妬……」

「私はリーシャから何かをもらったことがないのに、ラグナートは無条件でもらえると思うと、嫉妬の一つもしたくなる」

「そ、それは！」

何を言っても言い訳にしか聞こえないけど、何か言わないといけないと慌てていると、旦那様が軽く手を上げてわたしの言葉を遮った。

「だが、これは私のことを考えて買ってきてくれたんだろう？　誰かが選んだものではなく、自分で選んでくれたのなら、何をもらっても嬉しいさ」

お金をかけたものでも気持ちがこもっていなければ、それはただの置物だと旦那様が言う。

「本当は……もっと公爵家当主が持つべきふさわしいものもありました」

「大きさなんかは関係ないさ。私はこれが気に入った。ありがとう、リーシャ」

あまりにも柔らかい笑みに、わたしは旦那様を直視できず俯いた。

そんなわたしの視界に入るように、今度は旦那様が小さな包みを渡してきた。

「これは？」

恐る恐る顔を上げると、旦那様が肩をすくめた。

「エンリックの店に行った時、目に入った。私が華美を好まないように、リーシャもまたあまり堅苦しい装飾品は好んでいないだろう？　だからこれくらいが普段使いにはいいかと思ったんだ。邪魔にもならないし」

開けてみろと促されて、中身を確認する。

そこに収められているのは、細いリングの指輪。

しかもそれは——

「これは……」

「商売人だろう？　おそらく、わざと私の目に留まるように置いたんだ」

旦那様から渡された指輪は、わたしが旦那様に渡したタイリングとペアのようなデザインで男女で身に着ければ、お互いがパートナーであるということが分かる品だった。

「お互い、考えることは同じだということだな。お互いの好みも何も知らないのに、目に留まって買うものが同じとは」

旦那様が苦笑しながらわたしの手から指輪の入った小箱を取り上げ、そのあとわたしの手を取った。

「父のことをあまりリーシャには知られたくなかった。リーシャが自分の家族のことを私に知られたくないように、私もまた君にだけはあまり父に関わらせたくないんだ。それに、家族のことに関しては、今はあまり考えたくないだろうしな」

「わたしは気にしませんけど……」

「これは私の勝手な感情だ。自慢できるような親じゃないから、あまり会わせたくないし関わらせたくもない。いらぬ苦労をさせるのは本意じゃない」

「でも、隠される方がいやですけど」

「そうだな、私もそうだ。隠される方が嫌なものだ」

相手の立場に立てば、お互いのことがよく分かる。

旦那様が何を考えているのか、わたしがどう思っているのか。

「まあ、父はまたしばらく皇都を離れるようだから、しばらくはリーシャに迷惑をかけることはないだろう」

「正直に言えば、少し会ってみたい気もします」

「まあ、そのうちにな……ああ、いい品だな。リングが細いから、リーシャの細い指にもちょうどいい」

慣れた仕草で旦那様が指輪をつけてくれた。

小さいけれど上質な宝石が、光を反射してキラキラと輝いている。

「あ、りがとうございます……」

ゆっくりと離れていく旦那様の手は、とても暖かくて力強いのにやさしくて。

わたしはどんな顔で相手を見ていいのか、急に分からなくなった。

「……別邸が……」

「うん？」

「別邸がわたしがいた時とずいぶん変わっていましたけど、それはなぜですか？」

「また、唐突だな……。まあ、隠すようなことではないが、あの別邸は私が仕事で使っていたものだが、あまりにも殺風景だろう？　花ぐらいあった方がいいかと思って」

どういう意味か分からずにいると、旦那様が苦笑した。

「この先、まだ長い年月を夫婦として過ごすんだから、いつかまた別邸に行くこともあるだろう？　私たちにとっては新婚で初めて暮らした家だ。懐かしく思う日も来るかもしれない」

何気ない言葉に、わたしは一瞬言葉に詰まる。

長い年月夫婦として過ごす――……、旦那様はずっと未来を描いて動いていた。

「す、ごせるでしょうか……」

「たまには喧嘩もするだろうな、今回みたいに」

「意地張ってしまうかもしれません」

「ラグナートやミシェルあたりがまたやきもきしそうだ」

ギシリとソファが音を立て、衣擦れがする。

ゆっくりと隣の空いていたスペースに旦那様が座り、指輪をはめた手を取った。

「もっと話をしよう。業務的な話ではなく、私的な話を。何が好きか嫌いか――……お互いに知るところからはじめよう」

それは遅すぎるくらいの提案だけど、わたしは今度こそ素直に頷いた。

「それから、名前で呼ぶ件はどうなった？」

揶揄うように言う旦那様に、わたしは努力してますとだけ返した。

全く努力しているようには思えないわたしの態度に、旦那様は小さく笑った。

◆◇◆◇◆

「おはようございます、リーシャ様。仲直りをされたようでよかったです」

朝一番にミシェルが喜ばしいと笑った。

「まあ、夫婦喧嘩するほど仲良くなられたと思うと、僕は嬉しいですよ」

「喧嘩するのは、よくないと思うけど？」

「喧嘩しない夫婦の方がいびつだと思いますよ……ってそれは？」

ミシェルが目ざとくわたしの指についている指輪を指摘した。

ここで過剰に反応すれば、ミシェルが絶対面白がってくるのは経験済みなので、あえて堂々と見せつけた。

「旦那様からの謝罪の品だそうです」

「リーシャ様、それ、僕はどこかで見たことがあるんですけど？　何かとお揃いですねぇ」

「そ、そうかしら？　まあ、ありふれているのかもしれないわ」

別に誤魔化す必要はないけど、正直に言うのが嫌だった。

ミシェルは絶対に気付いているだろうけど、それ以上は深く聞いてはこなかった。

「リーシャ様の細い指に、お似合いですよ」

「ありがとう」

いつもよりも素直にお礼を言うわたしに、ミシェルが満足そうに頷き食堂の扉を開いてくれた。

「おはようございます」

「おはよう」

中に入ると既に旦那様が席に座り、何かの報告書を読んでいる。

朝からご苦労様ですと思いながら、席に座ると小さく光るものに気付いた。

それは昨日、旦那様に渡したタイリングだった。

それを見つけ、嬉しいような、恥ずかしいような、どう表していいのかよく分からないくすぐったい気持ちになったけど、使ってくれてたのだと思うと顔が緩みそうになった。

もちろん、変な顔をすれば絶対旦那様に指摘されそうなので、頑張って顔を作ってなんでもないことのように振る舞う。

それでも少し口元は緩んでいたかもしれないけど、それはいつもの関係に戻れたからだと思うことにした。

あとがき

お手にとっていただきありがとうございます。チカフジユキです。

今回はＷＥＢ版の改稿書き下ろしの巻となっておりましたが、お楽しみいただけたでしょうか？

書き下ろしは、喧嘩によって二人の関係性が一歩進む話になります。

じゃれ合いはよくしておりますが、本格的な喧嘩はしたことがない二人。

色々思い悩みながら変に勘繰ってしまう関係性は、夫婦というより付き合いたての恋人の様です（笑）

お互い言葉足らずなのを自覚したので、これからもっとお互い会話が増えるといいですね。

そして、今回の書き下ろしでは、愉快犯的な一面を持つミシェルも二人を仲直りさせるべく、色々とがんばっていました。

今後も亀並みに歩みの遅い二人の関係性を変化させるため、積極的に首を突っ込んでいくことでしょう。

最後になりますが、今回より変更になりました担当編集者様、色々と提案ありがとうございます。大変お世話になりました。

毎回素敵なイラストを描いてくださる眠介様、今回もドキドキするイラストをありがとうございます。

そして、最後まで読んで下さった読者様方、本当にありがとうございます！

ピッコマ等で配信中のウェブトゥーンのコミカライズも好評連載中ですので、まだ読んだことのない方は、ぜひ読んでみてくださいね。

チカフジ ユキ

２０２３年４月

次世代型コンテンツポータルサイト

「ツギクル」はWeb発クリエイターの活躍が珍しくなくなった流れを背景に、作家などを目指すクリエイターに最新のIT技術による環境を提供し、Web上での創作活動を支援するサービスです。

作品を投稿あるいは登録することで、アクセス数などの人気指標がランキングで表示されるほか、作品の構成要素、特徴、類似作品情報、文章の読みやすさなど、AIを活用した作品分析を行うことができます。

今後も登録作品からの書籍化を行っていく予定です。

ツギクルAI分析結果

「三食昼寝付き生活を約束してください、公爵様3」のジャンル構成は、ファンタジー、恋愛に続いて、歴史・時代、ミステリー、SF、現代文学、ホラー、青春、童話の順番に要素が多い結果となりました。

ホラー 8%
青春7%
童話3%
その他9%
ファンタジー 18%
恋愛 12%
歴史・時代 12%
ミステリー 12%
SF 10%
現代文学 9%

期間限定SS配信

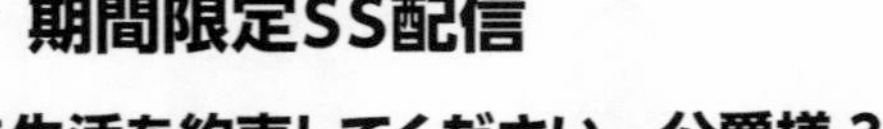

「三食昼寝付き生活を約束してください、公爵様 3」

右記のQRコードを読み込むと、「三食昼寝付き生活を約束してください、公爵様3」のスペシャルストーリーを楽しむことができます。ぜひアクセスしてください。
キャンペーン期間は2023年11月10日までとなっております。

本書は、「小説家になろう」（https://syosetu.com/）に掲載された作品を加筆・改稿のうえ書籍化したものです。

三食昼寝付き生活を約束してください、公爵様3

2023年5月25日　初版第1刷発行

著者　チカフジ ユキ

発行人　宇草 亮
発行所　ツギクル株式会社
〒106-0032　東京都港区六本木2-4-5
TEL 03-5549-1184
発売元　SBクリエイティブ株式会社
〒106-0032　東京都港区六本木2-4-5
TEL 03-5549-1201

イラスト　眠介
装丁　株式会社エストール

印刷・製本　中央精版印刷株式会社

ISBN978-4-8156-2125-4
Printed in Japan